Es nimmt der Augenblick,
was Jahre geben.

J.W. von Goethe

Prolog

Der 17. Mai 2011 war ein Dienstag. Die beiden Schwestern Julia und Laura waren zum Geburtstag von Lauras Freund Sebastian eingeladen. Es gab eine schöne Party im Sportlerheim an der Wendenschlossstraße. Jetzt, so gegen 23.00 Uhr, verabschiedeten sich die beiden Mädchen, sie würden morgen früh raus müssen. Julia ging noch in die Schule und Laura hatte schon einen Job als Fachverkäuferin bei einer großen Textilkette im Center Köpenick. Sie wohnten noch beide bei den Eltern im Mayschweg, keine fünf Minuten vom Sportplatz entfernt. Einfach über die Wendenschlossstraße, die jetzt völlig ruhig war, kaum ein Auto und auch keine Straßenbahn. Alle anderen wollten noch etwas weiter feiern.

„Sag mal Laura, willst du dich wirklich mit Basti verloben?

Beide waren stehen geblieben.

„Ja sicher, wenn wir im Sommer nach Spanien fliegen, dann ist es soweit. Im nächsten Jahr, wenn Basti seinen Mechatroniker in der Tasche hat, heiraten wir. Papa hat erlaubt, dass dort, wo jetzt noch die viel zu große Garage steht, ein Anbau hinkommt."

Julia schaute Laura etwas ungläubig an.

„Na, du musst ja wissen was du tust. Für mich wäre das nichts. Aber du warst ja schon immer die Bodenständige. Ich bin dann mal weg. Dieses Jahr Abitur und über den großen Teich. Es muss nur mit dem Abitur klappen: 1,3, besser 1,0, sonst nehmen mich die Amis nicht."

Laura schüttelte ungläubig den Kopf.

„Na, jeder wie er mag. Aber jetzt nach Hause und ins Bett, Morgen ist erst mal noch Realität in Köpenick.“
Sie gingen weiter und da auf der Wendenschlossstraße kein Auto, nichts zu sehen war, blieben sie nicht stehen. Sebastian und zwei seiner Freunde waren vor die Tür gegangen und schauten ihnen hinterher. Was dann passierte, war kaum zu erfassen. Ein fürchterlicher Schrei, Laura ? Ein fürchterlicher Knall, dann für einen Moment Totenstille.
Von einem Moment auf den anderen war nichts mehr wie es war.
Sebastian und seine beiden Freunde kamen zuerst an den Unfallort. Sie sahen nur noch in Höhe des Betriebshofes die Rücklichter eines SUV.
„Das Schwein hat ja nicht mal gebremst - Laura !!!!“
Julia lag auf den Schienen der Straßenbahn, Laura hatte es voll erwischt und bis an die gegenüberliegende Hauswand geschleudert.
Sebastian nahm Laura in die Arme, sie öffnete noch mal kurz die Augen:
„Basti, es tut so weh! Hilf mir doch, bitte!“
Obwohl die Rettungskräfte und die Polizei nach wenigen Minuten vor Ort waren, kam jeden Hilfe zu spät. Laura starb noch am 17.05.2011 kurz nach 23:00Uhr in Sebastians Armen.
Julia wurde ins nicht weit entfernte Krankenhaus Köpenick gebracht und sofort mehrfach operiert.
Noch in der Nacht liefen die Ermittlungen der Polizei nach dem flüchtigen Fahrer an. Da es aber keine Zeugen gab und alle, die zuerst am Unfallort waren, unter Schock standen, gestaltete sich alles sehr schwierig.

Alles, was ermittelt werden konnte, war: Fahrzeug SUV, Farbe schwarz, ohne Licht unterwegs. Geschätzte Geschwindigkeit 160-170 km/h ! Ein halbes Jahr später wurden die Ermittlungen ohne Ergebnis vorläufig eingestellt.
Die Beerdigung von Laura auf dem kleinen Friedhof an der Rudower Straße gestaltete sich als Demonstration gegen Gewalt im Straßenverkehr, fast zweihundert Menschen, vor allem Schüler und Kollegen Lauras waren gekommen. Lauras Mutter Christine erlitt einen Nervenzusammenbruch.
Nach einem Jahr, mehreren Operationen und einer langen Reha in Bad Kissingen kam Julia wieder nach Hause. Sie würde wahrscheinlich den Rollstuhl nie mehr verlassen können. Julias Vater hatte in der Zwischenzeit das Haus behindertengerecht umgebaut. Sebastian besuchte Julia, wann immer es möglich war und machte mit ihr lange Spaziergänge. Beide legten einen Schwur ab: Sollte jemals der Todesfahrer ermittelt werden, er müsste sterben, wie und durch wen auch immer. Das war egal. Für dieses Ziel lebten beide.

1. Büro der Polizeipräsidentin von Berlin

Es war erst das zweite Mal, dass Hauptkommissar Karl Sander hier in den heiligen Hallen des Polizeipräsidiums sein durfte. Deshalb kam er schon etwas eher. Bei seinem letzten Besuch wollte er schon pünktlich sein. Für den Kriminalrat Winter und ihn war es der Abschied aus dem Dienst, mit Urkunde und allem Drum und Dran. Als er die Treppe hoch kam, standen da schon der Kriminalrat, seine Stellvertreterin Britta Fuchs und ein ihm unbekannter Kollege.
„Na gut, in diesem Leben werde ich es wohl nicht schaffen der Erste zu sein, Ihr Streber."
Nach dem sich alle begrüßt hatten, winkte Frank Winter Karl Sander zu sich.
„Karl, Dein Vorschlag ist durch, Britta übernimmt die 1. MUK und hier stelle ich dir einen neuen Kollegen aus Hamburg vor: Oberkommissar Fred Oberer. Mehr bekommen wir nicht, die 1.MUK bleibt also unterbesetzt. Meine Nachfolge steht noch nicht fest. Tarek ist aber weiter im Gespräch, nur das BKA will ihn nicht gehen lassen."
In dem Moment kam eine Mitarbeiterin und bat alle in den Konferenzraum. Dort war bereits alles für einen standesgemäßen Abschied zweier verdienter langjähriger Mitarbeiter vorbereitet.
Da die 1. MUK für schwere Kapitalverbrechen, Clankriminalität, Entführungen usw. als Erste im LKA 11 zuständig war, also dieser Aufwand.
Dann kam auch schon die „Göttin" der Berliner Polizei und es konnte beginnen. Als erstes legte die Präsidentin das vorbereitet Blatt beiseite und fand dann herzliche

Worte, besonders für den Kriminalrat und auch für den Hauptkommissar Karl Sander.
„Wissen Sie noch, Herr Sander, Ihr erster Fall im LKA, 11. Januar 1992, zwei Tote am Ostbahnhof, Ihr Chef war damals HK Frank Winter und ich Ihre Staatsanwältin? Es war auch mein erster Fall. Das war vor fast dreißig Jahren. Sie haben seit dieser Zeit eine beeindruckende Bilanz: 96% aufgeklärter Fälle und dabei ein super Team geformt. Wir hätten Sie gern noch ein paar Jahre behalten, respektieren aber voll und ganz Ihren Wunsch, jetzt in den Ruhestand zu gehen.
Für Ihre Verdienste um das Land Berlin verleihe ich Ihnen und Frank Winter den Verdienstorden des Landes Berlin."
Nach der Zeremonie im Konferenzraum des Präsidiums war die Verabschiedung offiziell vollzogen. Sie würde am 1.September in Kraft treten. Da Karl Sander auf seinen Resturlaub verzichtete, blieb ihm noch ein knappes Vierteljahr an der Seite der neuen Chefin der 1.MUK, HK Britta Fuchs, ohne operative Aufgaben.
Mit der Überreichung der Verabschiedungs- und der Ernennungsurkunde für den neuen Kollegen war die Zeremonie beendet.
Im Vorbeigehen bemerkte Frank Winter nur so, wie nebenbei:
„Heute Abend ein Bier im „Anker". Traditionen sollten wir beibehalten."
…und laut für alle :
„So, ich lade Euch jetzt alle zu unserem Italiener ins Il Sorriso ein. Die anderen Kollegen kommen direkt hin. Die 7. MUK übernimmt Euren Dienst, ist schon geregelt."

Als Karl Sander und Frank Winter aus dem Taxi vor dem Restaurant stiegen, staunten sie nicht schlecht. Da standen alle Kollegen und Kolleginnen Spalier und auch Tarek, der gleich auf Karl Sander zuging. Die Umarmung dauerte schon etwas und Karl musste eine Träne verdrücken. Jetzt ging ihm das alles doch sehr nah. Alle waren gekommen, auch Professor Winter und Marie, die auch etwas „Staub" im Auge hatte, wie sie dann sagte. Die zuständige Staatsanwältin Dr. Tina Steffens, die gute Seele Renate Klein und auch Max, ohne den so mancher Fall noch ungelöst wäre, also es waren eben alle da, die die 1. MUK des LKA 1 am Laufen hielten.
Was alle Anwesenden nicht ahnten: Einen Tag später würde die ganze Planung für die Übergabe und das langsame Ausklingen der Dienstzeit der beiden Chefs über den Haufen geworfen werden.

2. Krankenhaus Köpenick – Onkologisches Zentrum

Jetzt in den Vormittagsstunden war es sehr ruhig auf der Station 3. Die Visite war durch, alle Ärzte zur Besprechung im Konferenzraum und die Schwestern in der Pause, bevor die Mittagsversorgung begann. Da leuchtete Zimmer 6 auf.

„Schwester Monika, sehen Sie mal bitte nach, das ist doch unser Sorgenfall. Der Gehirntumor, ich ahne Schlimmes.“

Als die Schwester das Zimmer betrat, war der Patient hellwach und saß aufrecht im Bett. Schwester Monika und die Oberschwester waren eben noch mit der Patientenakte von Bernd Falter beschäftigt gewesen. Austherapiert, Gehirntumor, Metastasen, eigentlich ein Fall fürs Hospiz. Der Chef, Professor Stahl hatte aber verfügt, dass Herr Falter hier bleibt für die wenigen Tage, die ihm noch blieben. Bernd Falter war der leitende KFZ Meister im Autohaus Sternberger und im gleichen Segelclub wie der Professor. Sie kannten sich beide sehr gut und er wollte Bernd Falter den Übergang in die andere Welt so schmerzfrei wie möglich gestalten, mehr ging nicht.

Das Sprechen fiel Bernd Falter schon sehr schwer. Aber es gab noch eine wichtige Aufgabe, die er erledigen musste, dann konnte er gehen, wenn es auch mit 57 Jahren noch längst nicht Zeit dafür war.

„Schwester Monika, ich muss den Professor sprechen. Es ist wichtig, bitte sofort.“

Die Schwester kannte die Anweisung des Chefs, ihn sofort zu holen, wenn es Probleme mit Bernd Falter

gab. Also stellte sie keine Fragen, sondern piepte Professor Stahl und den Oberarzt an. Fünf Minuten später waren beide da.
„Was gibt es Herr Falter? Sie sehen gut aus."
„ Ja Herr Professor, wollen wir segeln gehen? Wie geht es ihrem Auto?"
Das Lächeln wollte ihm nicht so ganz gelingen. Aber die beiden Ärzte spielten mit.
„Professor, kann ich Sie kurz alleine sprechen? Es ist sehr wichtig."
Als der Oberarzt gegangen war, holte Bernd Falter aus dem Nachtschrank zwei Umschläge heraus. Einer war an Sebastian Lange und der andere an Andreas Werner.
„Bitte übergeben Sie die Umschläge an die Beiden. Sebastian Lange ist zweiter Schiffsführer auf der MS Spreeland und Andreas Werner hat ein Catering- Unternehmen in Mahlsdorf und wohnt im Mayschweg in Wendenschloss. Warten Sie mit der Übergabe bis ich gestorben bin. Das wird ja nicht mehr lange dauern. Aber wem sag ich das. Das mit dem Segeln müssen wir wohl noch etwas verschieben."
Auch diesmal gelang ihm das Lächeln kaum.
Professor Stahl wusste nur zu gut, dass der Patient Recht hatte.
„Sie können sich drauf verlassen. Ich werde alles so erledigen, wie Sie es wünschen. Aber jetzt werden wir erst mal dafür sorgen, dass Sie schmerzfrei bleiben. Ich sehe dann gleich morgen früh noch mal nach Ihnen."

Nachdem der Chefarzt das Zimmer verlassen hatte, gab er noch dem Oberarzt und den Schwestern die entsprechenden Anweisungen.
„Herr Falter hat nur noch wenige Tage, es geht zu Ende. Für die Schmerzmittel gibt es kein Limit."
Es ging ihm den weiteren Tag richtig gut. Er sprach mit den Schwestern und schaltete am Abend sogar den Fernseher ein. Das war schon lange nicht mehr passiert.
„Ich glaube, ich habe jetzt noch den entscheidenden Baustein für mein Haus im Paradies geformt und kann jetzt umziehen."
Mit diesen friedlichen Gedanken und ohne Schmerzen schlief Bernd Falter an diesem Abend ein. Er würde nicht mehr aufwachen.

3. Autoservice Sternberger Müggelheim

Eben hatte das Krankenhaus Köpenick angerufen und den Chef des Autohauses, Walter Sternberger informiert, dass sein langjähriger KFZ-Meister und Leiter beider Werkstätten, Bernd Falter, letzte Nacht verstorben sei. Walter Sternberger saß an seinem Schreibtisch, zu keiner Regung fähig. Bernd Falter, hatte wie er selbst auch, beim seinem Vater gelernt, war immer da, nie krank. Sie hatten gemeinsam erst die Werkstatt in Müggelheim ausgebaut, dann kam noch die Filiale in der Köpenicker Straße dazu. Walter Sternberger wusste, dass es ohne seinen Freund Bernd die Entwicklung von der kleinen Schrauberbude, der PGH zu Ostzeiten hin zu einem der führenden Autoservices in Köpenick nie gegeben hätte. Als er selbst vor fünf Jahren erst seine Frau verloren hatte, dann seinen ersten Herzinfarkt bekam, übernahm Bernd sofort das Büro, den Einkauf und den Kundendienst.

Unbemerkt war die gute Seele des Betriebes ins Büro gekommen.

„Was machen wir denn jetzt, Tina? Ist das das Ende? Ich mag auch nicht mehr. Wir werden wohl verkaufen müssen. Wie soll es weitergehen?“

Tina, etwa so alt wie der Chef, wischte sich noch eine Träne aus dem Gesicht und setzte sich dem Chef gegenüber.

„Walter, es wäre doch jetzt an der Zeit, Maximilian zurückzuholen. Ich weiß bis heute nicht, was zwischen Euch vorgefallen ist, aber begrabt doch endlich Euren Streit. Maximilian ist hochqualifiziert, studiert und fünf

Jahre bei BMW müssten doch ausreichen, den Betrieb hier zu übernehmen. Er wartet auf ein Signal von dir."
Was Walter Sternberger nicht wusste, war, dass sein einziger Sohn Maximilian nach dem Tod seiner Mutter nur noch über Tina Verbindung nach Köpenick hielt. Mit dem Tod von Bernd Falter gab es niemanden mehr, der wusste, was und warum Walter Sternberger seinen Sohn von einem Tag auf den anderen rausgeschmissen hatte. Das Verhältnis der Beiden war nie wirklich gut, aber der Schritt vor zehn Jahren hatte dann doch alle überrascht.
Tina und Walter saßen sich eine ganze Weile schweigend gegenüber. Dann ganz plötzlich sprang Walter auf, ging zum Schrank mit den Oldtimermodellen, öffnete die unterste Schublade, nahm die Wodka Flasche für besondere Anlässe heraus und schenkte zwei Gläser ein.
„Auf Bernd! Hoffentlich mache ich jetzt keinen Fehler. Tina: ruf Maximilian an. Ich erwarte meinen Sohn am Montag hier. Sag ihm, es ist die letzte Chance, er soll es nicht versauen."
Tina war kreidebleich geworden.
„Willst du nicht mit ihm direkt sprechen?"
„Nein, ich spreche hier mit ihm. Meine letzten Worte zu ihm vor zehn Jahren waren auch hier, bevor ich ihn rausgeschmissen habe. Wenn er jetzt nicht kommt, kann ich ihn sogar verstehen."
Tina war schon rausgegangen und am Telefon. Es dauerte keine fünf Minuten, dann kam sie wieder rein, mit Tränen in den Augen.
„Er kommt, Montag pünktlich."

Walter Sternberger nahm Tina in die Arme und hielt sie ganz fest.
„Vielleicht wird ja doch alles gut, Walter."
Das glaube ich ganz und gar nicht. Diese Gedanken und vieles mehr gingen Walter Sternberger durch den Kopf. Vor zehn Jahren stand hier sein Sohn. Er flehte ihn damals an, ihm zu helfen. Aber sein Vater sagte nur diesen einen Satz:
„Raus- und komm nie wieder."
Von diesem Tag an, war in der Familie Sternberger nichts mehr wie zuvor. Seine Frau wurde krank, depressiv und starb schließlich vor fünf Jahren. Nach Meinung von Walter Sternberger, war das auch die Schuld seines Sohnes.

4. Julia

Es war jetzt fast zehn Jahre her, dass Julia Werners Leben eine jähe Wendung genommen hatte. Kein Studium in Amerika, danach kein Aufstieg ins Management eines großen Touristikunternehmens oder um die Welt reisen. Stattdessen mehrere Operationen, fast ein Jahr Reha, Rollstuhl und ständig die Bilder vom Unfall im Kopf. In letzter Zeit seltener, aber sie waren da. Julia hatte eine Lehre als kaufmännische Angestellte absolviert und etliche lukrative Angebote von großen Unternehmen bekommen. Sie war aber in Köpenick geblieben und in das Familienunternehmen gegangen, das sie jetzt neben ihrem Vater leitete. Es war nicht einfach zu Hause. Sie konnte sich nicht mehr erinnern, ihre Mutter Christine jemals wieder lachend oder froh erlebt zu haben. Trotzdem waren sie alle ein eingespieltes Team, Aufträge waren genug da. Das Haus war behindertengerecht umgebaut worden. Das Wichtigste aber war die Freundschaft mit Sebastian, dem Freund von Laura. Wann immer etwas war, er kam, ging mit ihr spazieren, schwimmen, oder ins Kino. Sicher könnte sich Julia mehr vorstellen, aber es sollte nicht sein. Nachdem Sebastian seine Mechatroniker-Lehre abgeschlossen hatte, war er erst als Mechaniker zur Reederei Riedel gegangen. Seit drei Jahren allerdings hatte er das Angebot eines Freundes angenommen und war als zweiter Schiffsführer und Maschinist auf der MS Spreeland eingestiegen. So war er immer in Julias Nähe. Auch er empfand viel mehr für sie als nur Freundschaft. Wann immer es ging und besonders im Winter half er im Catering-Unternehmen der Familie Werner.

Aber vor zwei Tagen war irgendetwas geschehen. Ein Bote des Lieferdienstes UPS war erschienen, mit einem Brief an Julias Vater. Da ihr Vater unterwegs zu einem Kunden war, wollte Julia den Brief annehmen.
„Nein, geht leider nicht. Hat den Vermerk persönlich."
Der Bote war stur und auch die Bemerkung, dass Julia Vollmacht habe, half nichts.
„Ich komme noch mal wieder. Nichts für ungut, aber wir haben unsere Vorschriften."
Weg war er.
„Paps, da war ein UPS Bote da, er wollte die Sendung nur dir persönlich übergeben, nix zu machen."
Ihr Vater schüttelte nur den Kopf.
„Mach dir nichts draus, wer weiß, wer da sicher gehen wollte. Wo ist eigentlich deine Mama?"
„Bei den Köchen. Sie wollen alles für Samstag durchsprechen."
Ihr Vater sah sie fragend an.
„Das Catering für die Firma Sternberger auf der Spreeland. Der Alte Sternberger übergibt doch die Firma an seinen Sohn."
Andreas Werner winkte nur ab.
„Na ob der arrogante Pinsel damit klar kommt?"
Julia sah ihren Vater fragend an.
„Kennst du ihn?"
„Ja, ist schon Jahre her. Er war ein rechter Playboy. Dann ist er vor fast zehn Jahren verschwunden, nach München zum Studium, anschließend war er wohl bei BMW. Vater und Sohn hatten sich nie richtig verstanden und jetzt gibt er ihm die beiden Autohäuser. Schon komisch."
Fast unbemerkt kam der UPS Bote ins Büro.

„Sind Sie Herr Andreas Werner? Bitte unterschreiben Sie hier."
Andreas Werner drehte den Umschlag hin und her.
„Julia, kennst du einen Bernd Falter?"
Als Andreas Werner den Brief geöffnet hatte setzte er sich an seinen Schreibtisch und von einem Moment zum anderen wurde er kreidebleich und fing an zu zittern. Julia beachtete ihn nicht, da sie am Computer arbeitete. Sie blickte nach einer Weile kurz auf, wollte ihren Vater was fragen.
„Paps, was ist los, ist dir schlecht? Hier: trink einen Schluck Wasser."
„Nein, nein, alles in Ordnung, nur mal kurz etwas übel, das Mettbrötchen heute Morgen."
Er stand auf und ging mit unsicherem Schritt zum Safe und legte den Brief ins doppelt gesicherte Schließfach.
„Julia, bitte stelle keine Fragen und schau nicht in den Brief. Ich werde dir bald alles erklären. Wo hast du die Unterlagen für das Catering Sternberger? Alles, was damit zusammenhängt, erledige ich ab sofort persönlich. Ich werde auch am Samstag mitfahren und mich auf dem Schiff um das Buffet kümmern.
Julia verstand gar nichts mehr und reichte ihrem Vater die Beststellmappe Sternberger und alle Unterlagen.
„Bitte sag der Mama nichts von dem Brief, später, später erkläre ich Euch alles."
Als ihr Vater das Büro verlassen hatte, versuchte Julia Sebastian anzurufen, aber sein Handy war aus.

5. Am kleinen Müggelsee

Einen ganzen Tag lang konnte Julia Sebastian weder per Handy, noch sonst irgendwie erreichen. Dann gestern am Abend rief er plötzlich an, nur um ihr zu sagen, dass sie sich treffen müssten. Keine Begründung, nichts. Er sagte nur:
„Juli, du kennst doch unsere alte Badestelle am kleinen Müggelsee. Ja, dort wo wir mit Laura immer als Kinder und später mit den Kumpels baden waren."
Also sagte Julia ihrem Vater Bescheid und nahm sich frei, packte den Rollstuhl und was zu trinken in ihr Auto und fuhr zeitig am Morgen nach Müggelheim zum kleinen Müggelsee. Sie war schon sehr lange nicht mehr hier gewesen. Alles war unverändert. Die Wiese im Wald, der See, jetzt am Morgen im Frühsommer lag etwas Reif auf der Wiese und außer den Vögeln in den alten Bäumen war nichts und niemand zu hören. Sie parkte am Waldweg und blieb im Auto sitzen. Wenige Minuten später kam auch Sebastian, sagte kein Wort, umarmte sie ganz fest und half ihr in den Rollstuhl. So früh war kein Mensch am See. Nur auf dem See lag ein Boot mit einem einsamen Angler. Als sie am Wasser, an der Badestelle, ankamen setzte sich Sebastian neben sie.
„Wie lange waren wir nicht mehr hier, Basti?"
Sie sah ihn an und hatte längst gemerkt, dass etwas nicht stimmte. Sebastian griff in die Tasche seiner Jacke und holte einen Brief heraus. Wortlos reichte er ihn Julia. Sie erkannte ihn sofort. Es war der gleiche Brief, den Tage zuvor ihr Vater bekommen hatte. Schrift, der UPS Stempel, der Umschlag- alles gleich. Julia konnte

ihr Herz schlagen hören, es saß am Hals. Jetzt brach Sebastian sein Schweigen.
„Lass dir Zeit beim Lesen. Ich habe ihn schon mindestens gefühlte Einhundertmal gelesen."
Als Julia anfing zu zittern und blass zu werden, nahm Sebastian sie in die Arme und dann brach es aus beiden raus und die Tränen flossen. Es dauerte sehr lange, bis beide sich beruhigt hatten.
Sie saßen noch sehr lange schweigend am Ufer. Langsam realisierten sie, dass nichts mehr so war, wie eben noch. Das Schicksal hatte eine jähe Wendung genommen.
„Sebastian, mein Vater hat den gleichen Brief bekommen. Vorgestern, er weiß also auch, wer Laura tötete und mich in den Rollstuhl gebracht hat."
Jetzt begann auch Sebastian zu reden:
„Juli höre mir genau zu. Wir müssen jetzt handeln. Wir haben zwei Möglichkeiten. Wir können zur Polizei gehen. Die werden uns sagen, dass bei Unfallflucht mit nicht absichtlicher Todesfolge, alles nach fünf Jahren verjährt ist. Also dem Kerl passiert nichts, zumal der einzige Zeuge, dieser Bernd Falter, tot ist."
Julia drückte noch eine Träne weg. Sie war schwer aufgewühlt.
„Basti, was ist mit unserem Schwur?"
„Ja, ich weiß Juli. Du tust nichts, redest mit niemandem und benimmst dich so unauffällig wie irgend möglich. Ich habe einen Plan und eine Idee."
Sebastian stand langsam auf und beugte sich über Julia, umarmte sie und küsste sie das erste Mal überhaupt. Er wollte sie gar nicht mehr los lassen. Der Damm war ge-

brochen. Zwei Königskinder auf dem Weg in ein weiteres Unglück.
„Bitte, Basti lass mich nicht allein. Nie mehr und komm heute Nacht zu mir. Es ist alles zu viel für mich. Mein Vater war so komisch, als der Brief kam. Er hat das Catering für die Firma Sternberger an sich gezogen. Er wird auch am Samstag auf dem Schiff sein. Was hat er vor? Sollten wir nicht doch die Polizei....?"
Sebastian blickte sie mit kalten leeren Augen an. Da war viel Hass in seinem Blick.
„Nein Julia, es ist zu spät. Bis heute Abend, ich komme. Dann nahm er den Brief in die eine Hand, das Feuerzeug in die andere. Eine Minute später war von dem Brief nur ein kleines Häufchen Asche übrig. Ein Windstoß und alles war weg.
„Was machst du da Basti?"
„Außer uns, dem See und unserer Wiese im Wald weiß keiner etwas von dem Brief. Wir kennen jetzt das Schwein, das Laura getötet hat und dir das angetan hat."
Nicht nur am kleinen Müggelsee war die Sonne verschwunden, dunkle Wolken zogen auf und kündigten Regen an, als die beiden Autos über die Odernheimer Straße zurück nach Köpenick fuhren. Es gab keinen Weg zurück.

6. MS Spreeland

Morgen sollte also der Tag sein, an dem Walter Sternberger die Geschicke der Firma in die Hände seines Sohnes Maximilian legen würde. Sicher war sich der alte Sternberger nicht, dass sein Sohn das schaffen würde. Das Studium und mehrere Jahre bei BMW, da hatte er ein wesentliches größeres Aufgabenfeld und Verantwortung zu tragen gehabt, aber stimmte das auch alles? Er war auch in der Zwischenzeit ein anderer Mensch geworden. Die sechs Monate, die sie beide seit seiner Rückkehr zusammen gearbeitet hatten, war alles in allem glatt gelaufen, kleine Veränderungen waren auch von der Belegschaft gut angenommen worden und er war insgesamt akzeptiert. Trotzdem, die Ereignisse, die nun schon über zehn Jahre her waren, lagen immer noch als dunkler Schatten über Vater und Sohn, obwohl sie nie wieder darüber gesprochen hatten. Nein, näher gekommen waren sie sich nicht, obwohl sie sich beide irgendwie Mühe gaben. Aber jetzt war es so weit. Der Sohn stand in den Startblöcken und der Vater wollte nicht mehr. Das alles ging den beiden wohl durch den Kopf, als sie an diesem Frühsommer-Samstag von Müggelheim zum Luisenhain fuhren.

Jedes Jahr gab es diesen Betriebsausflug per Schiff. Geselliges Beisammensein, gutes Essen und viel, bei manchem aus den Werkstätten zu viel zu trinken. Die meisten der älteren Mitarbeiter, die schon seit Jahren zur Firma gehörten, waren mit dem Chef per `Du`. Er konnte sich auf alle verlassen. Die Werkstattleiter und auch das Büro machten einen guten Job. Natürlich war der Juniorchef ein Thema gewesen, sein Lebensstil und der

plötzliche Fortgang, aber das schien lange her. Im Verlauf des letzten Jahres verstarb plötzlich Bernd Falter, darüber wurde noch diskutiert und ob der Juniorchef wohl alles im Griff haben würde.
Als Walter und Maximilian Sternberger am Steg im Luisenhain ankamen, war schon eine erwartungsfrohe und lustige Truppe beisammen. Alle ahnten, dass der Chef heute etwas zu sagen hätte und dass es wieder Prämien geben würde. Also ein guter Tag. Das Schiff, die „Spreeland" war noch nicht da, es war ja auch noch Zeit. Nach und nach trafen alle ein. Wie jedes Jahr würde kaum jemand fehlen. Es war ein Ereignis, das man sich nicht entgehen ließ.
Dann legte das Schiff an und alle beeilten sich, an Bord zu kommen. Die üblichen „Verdächtigen" saßen wieder zusammen. Der Chef beredete noch einige Details mit dem Schiffsführer Torsten Stamm. Heute würde er das Mikro brauchen. Die Catering-Firma Werner hatte drei Mitarbeiterinnen geschickt, die mit den Speisen und Getränken zu tun hatten. Der Maschinist und zweite Schiffsführer Sebastian Lange macht alles zum Ablegen fertig und schon ging es los.
„Walter, hast du gesehen, das dort ist doch der Andreas Werner, der Chef der Catering-Firma. Der war doch sonst nie dabei, wieso heute?"
Tina, die immer besorgte Sekretärin schüttelte etwas den Kopf.
„Du siehst sicher wieder Gespenster Tina. Er wird auf seine jungen Bedienungen aufpassen. Vielleicht will er aber auch nur mal eine Schiffsfahrt machen? Ich werde ihn mal begrüßen, das gehört sich so, oder? Dann ma-

che ich die Begrüßung und eröffne das Buffet, sonst verhungern mir hier noch einige."
Jetzt kam auch Maximilian an den Tisch.
„Wo ist mein Vater, Tina?"
„Er wollte nur mal eben den Chef vom Catering begrüßen und dann alles hier eröffnen. Da ist er ja."
Das Schiff nahm jetzt Fahrt auf in Richtung Müggelspree, der Schiffsführer begrüßte alle und wünschte eine gute Fahrt.
„Vater, was ist los? Du bist kreideweiß. Setz Dich."
„Maximilian, mach du das mit der Begrüßung, ich kann das jetzt nicht. Sie wissen alles."
Maximilian schaut seinen Vater ungläubig an, begriff aber sofort, was er meinte.
„Vater, du musst, keiner darf was merken."
Es folgte, die wohl kürzeste Firmenübergabe von Sternberger Senior an Sternberger Junior. Es merkte keiner etwas, es gab Beifall, die Stimmung war schon gehoben.
Doch dann kam noch ein Satz von Walter Sternberger, der alles verändern sollte.
„ Ich möchte mich bei allen hier auf dem Schiff, auch im Namen meines Sohnes, entschuldigen, denen wir in letzter Zeit Unrecht getan haben."
Keiner von der Belegschaft konnte mit diesem Satz etwas anfangen. Eine kurze Zeit absolute Stille, dann Beifall und alles schien wieder seinen gewohnten Gang zu gehen.
Keiner bemerkte, dass Andreas Werner Sebastian in der Kombüse festhalten musste und einige Teller zu Bruch gingen. Der Geist war aus der Flasche und das Unheil nahm seinen Lauf.

Für einige wenige auf der „Spreeland“ war der Rest der Fahrt um die Müggelberge ein Albtraum. Die Belegschaft der Firma Sternberger feierte weiter und sprach kräftig dem Alkohol zu.
Maximilian ließ sich nichts anmerken, ging von Tisch zu Tisch und war so locker, wie nur möglich. Der Alte Sternberger blieb wie angewachsen auf seinem Stuhl sitzen, seine Sekretärin Tina wich ihm nicht von der Seite. Einige wenige, die mit ihm auf den wohlverdienten Ruhestand anstoßen wollten, schickte sie mit dem Verweis auf Unwohlsein des Chefs wieder weg.
Nach fast vier Stunden war alles vorbei, alle verließen das Schiff, einige wollten noch gemeinsam um die Häuser ziehen.
„Wo ist mein Sohn?“
Walter Sternberger sah sich suchend um. Tina fasste ihn am Arm.
„Er wird wohl als erster gegangen sein. Dort ist dein Taxi Walter. Ich kümmere mich weiter und sehe dann noch nach dir.“
Jetzt hatte auch die Catering-Firma Werner alles abgeladen und Sebastian Lange wollte grade ablegen, als ihm Torsten noch etwas zurief.
„Warte mal, da möchte noch eine Kollegin vom Catering auf die Toilette. Ich gehe noch mal das Schiff ab. Sicherheit!“
Der Schrei, den dann alle hörten, die noch in der Nähe waren, ging ihnen durch Mark und Bein.
„Was ist denn los?“
Torsten war durch das Schiff gerannt zu den Toiletten.
Noch ein Schrei, dann konnte er nur noch die Kollegin auffangen. Ein Blick in die Toilette offenbarte die Ur-

sache des Aufruhrs. In der Toilette lag Maximilian Sternberger.

„Hat der zu viel gesoffen?“

Sebastian war dazu gekommen.

„Nein, der ist tot, mausetot. Hier siehst du das Blut und das Loch in der Brust: erstochen! Scheiße, los ruf die Polizei und die Wapo. Wir sind ja auf einem Schiff und auf dem Wasser.“

7. Im Allendeviertel

Marie Dregger und Karl Sander genossen die freie Zeit an diesem Wochenende. Es war schon eine ganze Weile her, dass beide gemeinsam frei hatten und seit heute Mittag hatte kein Telefon mehr geklingelt hatte. Maries Chef Professor Weinert achtete sehr genau drauf, dass die freien Tage seiner Mitarbeiter eingehalten wurden. Seine Meinung war: Wer sonst durcharbeitet und nicht auf die Uhr schaut, hat ein Recht auf Freizeit. Sehr oft geriet er mit dieser Grundeinstellung mit dem Kriminalrat aneinander, blieb aber meist Sieger. Bei Karl Sander war es ganz anders gewesen. Nicht nur, dass er regelmäßig an seinen freien Tagen geholt wurde, sehr oft musste er auch seinen Urlaub abbrechen. Aber er konnte damit leben, beschwerte sich nicht und wusste, dass er gebraucht wurde. Aber seit ein paar Tagen war alles ganz anders. Der Hauptkommissar war auf der Zielgraden, die letzten Tage würde er im Innendienst noch einmal alle seine ungelösten Fälle, es waren nicht viele, durchgehen und alle Dinge erledigen, die vor seinem Ruhestand zu tun wären.

„Marie, weißt du eigentlich, dass viele Polzisten in den Krimis, wenn sie in den Ruhestand gehen eine Kneipe eröffnen?"

Marie sah von ihrem Buch auf und schaute Karl fragend an:

„… und das ist jetzt wichtig, weil?"

„Nein ich meine ja nur und außerdem habe ich ja den Anker und Peter, also alles gut."

Jetzt mussten beide herzhaft lachen.

„Karl, ich glaube wir sollten reingehen. Es wird kalt und dunkel ist es auch schon."
Während Karl den Balkon einräumte, schaut Marie auf ihr Handy.
„Oh, Mist Karl, sieh mal hier die Kollegen sind unterwegs."
Karl Sander zeigte sich unbeeindruckt.
„Das ist nun mal so, wird wieder irgendwas los sein in unserer schönen Stadt, aber du hast frei- vergiss das nicht."
Marie hielt ihm das Handy unter die Nase.
„Nicht irgendwo, hier in Köpenick. Es gibt einen Toten am Anleger im Luisenhain."
Jetzt musste Karl lachen.
„Das ist aber schon eine Weile her, warte mal, drei Jahre oder so?"
Marie schüttelte den Kopf und sagte nur.
„Schau doch hin, heute und es ist auf der MS Spreeland, einem „Ausflugsdampfer".
Karl war immer noch ganz ruhig.
„Marie, du bist nicht die einzige Gerichtsmedizinerin in Berlin. Der Professor wird schon jemanden finden."
Karl sah auf sein Handy, musste grinsen und sagte nur:
„Na mal sehen, ob sie mich in Ruhe lassen. Britta und Kollegen müssen ausrücken, sie sind heute die Diensthabende MUK. Vielleicht reichen ja auch die Kollegen vom 36. in Köpenick."
Marie schaute immer noch ungläubig. Aber alles blieb ruhig. Für genau fünf Minuten.
„Karl, es hat geklingelt."
„ Harry, was machst du denn hier?"

An der Tür stand der ehemalige Partner von Karl Sander vom 36. in der Carlstraße.
„Hallo Karl, ich freue mich auch Dich zu sehen. Ich soll Dich bitten, Dir mal was anzusehen am Anleger im Luisenhain, da ist….“
„Ich weiß Harry, noch bin ich nicht aus der Welt. Wer hat dich denn geschickt? Britta?“
Harry schüttelte den Kopf,
„Nein, Frau Dr. Tina Steffens, sie besteht darauf, dass du geholt wirst. Ich soll dich bitten….“
Karl Sander wurde so ganz langsam wütend.
„Hör zu Harry, die liebe Tina hat auf gar nichts zu bestehen. Aber na gut, ich komme mit.“
Marie stand hinter Karl und sagte nur:
„Ich auch…“
Harry wollte etwas sagen, ließ es dann aber sein, er kannte Karl und Marie.
„Harry, Du erzählst mir alles was da los ist und wir bleiben auch in Verbindung. Ich bin so gut wie in Pension und muss mich nur bedingt an die LKA-Regeln halten. Also alter Knabe, lass uns vom Hof reiten. Es geht ja wohl nicht ohne uns.“
Karl drehte sich kurz um
„Frau Dr. Dregger, na dann mal los, wir haben eine Leiche und schon wieder in Köpenick, was ist denn bloß hier los?!“

8. Autohaus Sternberger

Die kleine Wohnung, direkt im Autohaus in der Friedrichshagener Straße nutzte Walter Sternberger immer, wenn er alleine sein wollte. Er war eben angekommen und überlegte noch einmal, was er heute erfahren hatte und nicht glauben konnte. Natürlich wusste er seit Jahren von der Fahrerflucht und dem Unfall in der Wendenschlossstraße. Schließlich war ja deshalb sein Sohn rausgeflogen und nach München abgehauen. Aber das war lange her und alles sollte jetzt gut werden. Dann heute vor der Schiffsfahrt die Auseinandersetzung mit Andreas Werner, fast wären sie sich an die Kehle gegangen und beinahe alle auf dem Schiff hatten es mitbekommen. Auch der Maschinist auf der „Spreeland“ verhielt sich so komisch. Erst mal runterkommen, einen Weinbrand, eine Zigarre und Morgen sieht dann die Welt ganz anders aus.
In dem Moment fuhr ein Streifenwagen vor.
„Herr Sternberger, kommen Sie bitte mit, es ist etwas Schlimmes passiert. Die Hauptkommissare wollen Sie sprechen. Sie sind alle noch am Anleger im Luisenhain.“
Walter Sternberger stieg in den Streifenwagen und schon verließen alle den Autohof.
Niemand bemerkte den Mann im Hoodie mit Kapuze, der die ganze Szene vom gegenüberliegenden Grundstück beobachtete und jetzt die Straße überquerte. Für das, was er vorhatte, war es eine ideale Nacht. Wolkenverhangen, stockdunkel und es fing leicht an zu regnen. Mit schnellen Schritten verschwand er im Gebüsch neben den abgestellten Gebraucht- und Neuwagen und

kam mit zwei Kanistern wieder raus. Der Regen wurde stärker, weit und breit war kein Mensch auf der Straße zu sehen.
Der Notruf bei der Köpenicker Feuerwehr ging um 23:36 Uhr ein. Zwei Löschzüge und die diensthabende Einheit rückten sofort aus und waren 23:50 vor Ort. Zur Sicherheit wurde noch ein Löschzug in Friedrichshagen in Alarmbereitschaft versetzt. Als die Feuerwehr eintraf brannten bereits drei Fahrzeuge. Die Feuerwehr hatte Probleme, eine stabile Wasserversorgung aufzubauen. Es stand sehr schnell fest, dass das Feuer gelegt wurde. Ein Brandkommissariat des LKA Berlin wurde sofort alarmiert. Der Brand konnte, bis auf drei Elektroautos, sehr schnell gelöscht werden und ein Übergreifen auf Werkstatt und Wohnhaus wurden verhindert.
„Wir müssen die E-Autos auf die Seite kippen, um die Akkus zu kühlen. Die „Dinger“ reagieren nicht und brennen einfach weiter.“
Die beiden Zugführer waren verzweifelt.
„Jens, wir haben ein noch viel größeres Problem. Hier der Nachbar weiß, das der Chef vom Autohaus Sternberger über der Werkstatt und seit kurzem auch sein Sohn, hier wohnen. Wenn da noch jemand drin ist wird es eng. Die ganzen Gase und er Qualm sind nach oben gezogen. Wir müssen da rein.“
Der Einsatzleiter überlegte kurz und gab den Befehl, die Löscharbeiten auf den angrenzenden Bereich zum Wohnhaus zu konzentrieren.
„Ihr geht rein und seht nach, ob da noch jemand ist. Zertrampelt mir dabei keine Spuren.“
„Chef, hier ist noch jemand, der was gesehen hat, bevor es gebrannt hat.“

„Na dann los, Personalien feststellen und ans LKA weiterleiten, wenn die dann noch mal auftauchen. Aber da ist ja die Polizei, sollen die sich drum kümmern."
Zwei Feuerwehrleute kamen aus dem Haus raus und sahen erleichtert aus.
„Niemand drin, alles leer, Chef"
„Bloß gut. Da kommt ja auch schon das LKA. Hallo Kollegen, wir lassen Euch eine Brandwache hier, wegen der E-Autos, bei dem Dreckszeug weiß man nie."
Genau in diesem Augenblick gab es einen riesen Knall direkt am Haus, dort wo die Elektroautos standen.
„Das meinte ich, diese Dinger sind kreuzgefährlich und kaum zu löschen. Das waren die Akkus und die Batterie, jetzt bleiben wir doch noch etwas hier."
Aus dem Fahrzeug der Einsatzleitung kam eine Kollegin mit dem Funkgerät.
„Jens, hier ist eine Hauptkommissarin vom LKA, die dich sprechen möchte."
„Sch…., auch das noch. Kollegen, ich weiß jetzt wo der Chef vom Autohaus ist. Am Luisenhain, ein Mord auf der „Spreeland". Es ist sein Sohn. Hier übernehmen jetzt die Kollegen vom LKA, alles außer Euch Dreien vom zweiten Zug und einem Löschzug zur Absicherung abrücken."
Später im Bericht würde stehen: 21 Fahrzeuge, alles Neuwagen, ausgebrannt, davon zwei E-Fahrzeuge explodiert. Um 03:24 Uhr wurde der Einsatz der Feuerwehr beendet, Werkstatt und Wohnhaus noch weiterhin gesperrt. Zwei Kollegen blieben als Brandwache vor Ort. Ein Brandkommissariat übernahm die Ermittlungen. Laut Zeugenaussagen war es Brandstiftung.
„Sie können hier nicht rein."

Der Regen wurde stärker. Wenn die Kollegen des Brandkommissariats noch irgendwelche Spuren sichern wollten musste es schnell gehen.
Jede Störung war da eine Katastrophe und die Beiden, die da über den Hof getapst kamen fehlten grade noch.
„Ach du bist das Susi, was gibt es? Wen hast Du denn da dabei?“
„Euch auch einen guten Morgen. Das ist Fred Oberer, Kommissar und Verstärkung aus Hamburg.“
„Wir sollen den Zeugen abholen.“
„Ja der wartet schon. Sitzt da drüben im Einsatzfahrzeug der Brandwache.“
„Wie ist es denn mit Britta als neuer Chefin?“
Susi wischte sich den Regen aus dem Gesicht.
„Es ist ihr erster Fall und Karl Sander ist schon wieder da. Die Staatsanwältin will ihn dabei haben.“

9. Am Luisenhain

Als Harry den Streifenwagen in die Altstadt lenkte, klingelte Karl Sanders Handy. Er hörte nur zu, sagte kein Wort, als sie am Luisenhain ankamen, war vor lauter blauem Licht, Fahrzeugen usw. kaum ein Durchkommen am Anleger. Karl gab Marie ein Zeichen vorzugehen, er hatte immer noch schweigend das Handy am Ohr. Seine Leute funktionierten wie immer perfekt, Susi hatte ihm in nicht mal fünf Minuten einen kompletten Bericht über die Situation im Autohaus Sternberger durchgestellt. Zwei Tatorte, Zufall ? Eher nicht. Karl Sander wusste, hier braute sich was zusammen. Er war drin im Fall.

Marie war verschwunden, sicher beim Toten. Dafür zielte mit festem Schritt die Staatsanwältin Frau Dr. Tina Steffens auf ihn zu.

„Guten Morgen Sander, ich brauche Sie hier. Was ist das hier? Das traurige Ende einer Betriebsfahrt, oder mehr?"

„Eher mehr. Ich habe da eine Idee. Dort an dem Streifenwagen- das ist Harry, Hauptwachtmeister vom Abschnitt 36. Lassen Sie sich von ihm bitte in die Friedrichshagener Straße zum Autohaus Sternberger fahren und sehen Sie selbst, dann können wir weiter reden. Susi Weiß und der neue Kollege Ober… irgendwas sind vor Ort."

Die Staatsanwältin schaute ihn ungläubig an, schüttelte nur den Kopf und bewegte sich in Richtung Streifenwagen. Karl Sander gab Harry ein Zeichen, er wusste Bescheid.

„Was war das jetzt?"

Britta Fuchs stand hinter ihm.
„Ich habe uns etwas Zeit verschafft. Los Frau Chefin, ich möchte die Leiche sehen Wo ist sie?“
Britta boxte ihn in die Seite.
„Jetzt, wo Du da bist !“
„Du bist und bleibst die Chefin. Keine weitere Diskussion.“
In dem Moment wurde der Sarg mit Maximilian Sternberger vom Schiff getragen, begleitet von Marie Dregger und einer Kollegin aus der Gerichtsmedizin.
„Ich fahre mit in die Charité, Prof Weinert weiß Bescheid. Britta, ich denke in ein paar Stunden habt Ihr einen vorläufigen Bericht.“
Karl Sander dachte so bei sich, klappt doch ganz gut, die brauchen mich gar nicht. Aber wenn ich schon mal hier bin und laut:
„Kann ich ihn noch mal sehen, mit kurzem Bericht?“
Die Träger stellten kurz den Sarg ab und öffneten den Deckel.
„Hier Karl- ein Stich direkt ins Herz. Er wollte wohl grade das WC verlassen. Keine Chance. In einer reflexartigen Reaktion hat er versucht, den Täter abzuwehren. Wenn wir Glück haben finden wir unter den Fingernägeln etwas Haut, Fasern. Hier sieh mal: an der rechten Hand muss er das Messer gestreift haben, ein Schnitt, am Daumen. Alles andere nach der Obduktion.“
Die Träger walteten wieder ihres Amtes und Maximilian Sternberger trat seine letzte Fahrt an.
„Gefunden hat ihn eine Servicekraft der Cateringfirma“, wandte sich Britta wieder an Karl Sander. „Sie sitzt vorn beim Schiffsführer und ist fertig mit der Welt.

Das Ganze muss kurz vor dem Anlegen passiert sein. Alles war in Aufruhr und die Besatzung hatte mit dem Anlegemanöver zu tun. Der Täter muss darauf spekuliert haben, dass alle aussteigen und keiner mehr auf die Toilette geht. Dann wäre der Tote erst am nächsten Tag gefunden worden. Hätte ja fast geklappt."
Die KTU war noch mit dem Tatort beschäftigt.
„Sagt mal Kollegen: Tatwaffe?"
„Nichts, entweder mitgenommen oder ins Wasser geworfen. Das müsste dann unter und kurz hinter der Langen Brücke gewesen sein."
Britta nahm Karl zur Seite:
„Wir haben Aussagen, die die Tat fast auf die Minute eingrenzen. Der Schiffsführer hat Maximilian kurz vor der Durchfahrt durch die lange Brücke in Richtung Toilette gehen sehen. Danach kam nur noch der Chef der Catering Firma Andreas Werner hier unten vorbei. Aber wie gesagt- die Leute waren alle beschäftigt. Es war kurz vor dem Anlegen, wir konnten ja die Passagiere noch nicht befragen. Ach noch was: der Chef vom Catering hatte vor der Fahrt noch hier am Anleger einen heftigen Streit mit dem alten Sternberger. Die wären sich beinahe an den Kragen gegangen."
Beide hatten genug gesehen und gingen wieder an Deck.
„Sag mal Britta, wo ist eigentlich der alte Sternberger?"
„Zusammenbruch, im Krankenhaus Köpenick, geht ihm aber schon wieder besser."
„Britta, wen haben wir denn da? Hallo Peter und wer ist der Mann mit Hund? Schöner Hund übrigens."
„Hallo Britta, oh Karl, du auch hier. Das ist hier Herr Frenzel mit Arno. Die Beiden sind, als das Schiff vor-

beikam, aber Herr Frenzel erzählen Sie doch noch mal, was Sie mir eben erzählt haben“
Der Bericht, das heißt was Herr Frenzel gesehen hatte, war für die Kriminalisten wie ein Sechser im Lotto. Es gab eine vage Beschreibung des Täters, sehr vage, aber auch einen Ansatz, wo man nach der Tatwaffe suchen konnte.
Der Zeuge sagte aus, dass im hinteren Teil des Schiffes ein mittelgroßer Mann etwas ins Wasser geworfen hatte kurz vor, fast unter der Brücke.
„Ich habe mich noch aufgeregt und zu Arno gesagt: Wir müssen jeden Haufen von dir entsorgen, aber die machen nicht nur Krach wie eine Herde wilder Affen, die schmeißen auch noch ihren Mist ins Wasser.“
Britta sah sich um, als ob sie jemanden suchte.
Karl Sander hatte die gleiche Idee.
„Frau Staatsanwältin ist gleich hier. Peter, du schnappst dir die Wapo und wir, Herr Frenzel, machen mit Arno noch einen Spaziergang und zeigen der Wapo genau die Stelle, wo unser Unbekannter etwas ins Wasser geworfen hatte. Die Stelle muss markiert werden, die Wapo bleibt vor Ort, Britta: wir brauchen die Taucher in drei Stunden, dann ist es hell und sie können loslegen. Die liebe Tina soll die Sperrung der Spree an der Stelle veranlassen.“
Peter Schneider wandte sich an Herrn Frenzel und Arno.
„Sie müssten bitte Ihre Aussage zu Protokoll geben. Das können Sie in der Carlstraße auf dem Polizeirevier im Abschnitt 36 machen.“

„Britta, ich fahre morgen zum Tempelhofer Damm ins LKA-Archiv. Es gab da vor zehn Jahren einen Fall, der nie aufgeklärt wurde. Es ist nur so ein Bauchgefühl."
Peter Schneider wollte grade gehen, blieb aber stehen und drehte sich noch einmal um:
„Die Fahrerflucht, der Unfall in der Wendenschlossstraße. Die beiden Schwestern, eine tot, die andere bis heute im Rollstuhl. Wir waren damals mit meinen Kollegen als Erste vor Ort. Wieso denkst du, dass…"
Karl Sander legte Peter Schneider die Hand auf die Schulter:
„Nur ein Bauchgefühl, später mehr. Such schon mal alles raus, was du von dem Fall noch weißt oder hast. In deinem alten Revier müssten doch noch Unterlagen existieren? Alle, die damals mit dem Unfall befasst waren, brauchen wir eventuell auch."
Ein junger Polizist näherte sich der Gruppe und Arno knurrte ihn an.

10. Haus der Familie Werner

Die Tage wurden jetzt im Frühsommer immer länger, entsprechend die Nächte kürzer. Aber jetzt ging schon die Sonne hinter den Müggelbergen auf. Julia saß in ihrem verhassten Rollstuhl am Fenster und blickte suchend auf die Straße vor dem Haus. Eigentlich sollte ihr Vater längst zu Hause sein. Auch Basti wollte unbedingt noch vorbeikommen. Seit zwei Tagen, seit dem Brief und ihrer beider Schwur am kleinen Müggelsee, war alles ganz anders. Julia hatte seit über zehn Jahren wieder mit einem Mann geschlafen. Auch wenn es nichts Herkömmliches schien mit einer Querschnittsgelähmten, aber Basti war so verständnisvoll und zärtlich und es tat so gut. Trotzdem kamen da immer noch die Gewissensbisse, er als der Verlobte ihrer toten Schwester. Außerdem noch die Gewissheit, dass vor beiden keine Zukunft lag. Und dann noch der Schwur, erst zu ruhen, wenn der Verantwortliche für den Tod von Laura bezahlt hatte. Das würde für Sebastian, wenn kein Wunder geschieht, eine sehr lange Gefängnisstrafe bedeuten, oder aber Basti müsste fliehen, dann könnten sie sich nie wiedersehen.
Immer wieder, während sie so suchend am Fenster saß, lief dieser unsägliche Abend wie ein Film vor ihr ab. Wenn sie nicht einen Schritt zurückgeblieben wäre, dann wäre sie jetzt auch tot. Beinahe hätte sie das Klopfen nicht gehört. Es war ihre Mutter, auch sie war wachgeblieben und wusste nicht weiter.
„Julia, weißt du irgendwas? Dein Vater geht nicht an sein Handy. Da ist doch irgendetwas Schlimmes passiert."

Julia zuckte nur mit den Schultern.
„Keine Ahnung Mama, wir müssen halt warten. Auch Sebastian geht nicht an sein Handy."
Julias Mutter setzte sich auf einen Stuhl auch ans Fenster, neben ihre Tochter.
„Ich habe ein paar Kollegen angerufen. Das Schiff hat pünktlich noch vor 23:00Uhr angelegt, alle sind vom Schiff gegangen, nichts Besonderes."
Beinahe hatten beide nicht bemerkt, dass Andreas Werner vorfuhr und direkt hinter ihm ein Streifenwagen der Polizei. Julias Mutter sprang auf und wäre beinahe die Treppe runtergestürzt. Ihr Mann sah fürchterlich aus. Aschfahl im Gesicht, rote Augen und ein leichtes Zittern war auch nicht zu übersehen.
„Mach dir keine Sorgen Christine. Die Kollegen wollen nur alle Unterlagen zur Bestellung Sternberger mitnehmen. Maximilian Sternberger ist tot, erstochen auf der „Spreeland". Alles andere später."
… und zu den Polizisten:
„Bitte kommen Sie. Wir müssen ins Büro."
Der gellende Schrei, der durchs ganze Haus ging und bestimmt auch draußen zu hören war, veränderte die gesamte Situation schlagartig. Ihr Vater und die beiden Polizisten rannten sofort zurück. Unten an der Treppe stand Julias Mutter und zeigte nach oben, bevor sie das Bewusstsein verlor. Einer der Polizisten fing sie auf. Oben vor der Treppe stand Julia, neben dem umgestürzten Rollstuhl und hielt sich zitternd am Geländer fest. Sie stand dort. Ihr Vater glaubte bei ihr ein Lächeln zu sehen.
„Julia, aber das geht doch nicht, du bist doch…, das geht doch nicht?"

Einer der beiden Beamten sprang die Treppe rauf und stützte Julia.
„Geht es wieder?“
„Ja, aber?“
„Es ist der Schock, die Nerven!“
Julia stand immer noch, wenn auch von dem Polizisten gestützt.
„Wo ist Sebastian?“
„Er und der Schiffsführer werden noch von meinen Kollegen befragt. Reine Formsache. Er ist ein wichtiger Zeuge.“
Julias Mutter hatte sich wieder etwas erholt. Ein Glas Wasser und schon ging es ihr etwas besser.
„Ich kümmere mich jetzt um Julia, Werner- kommst du klar?“
„Ja ich rufe Frank und Karin an. Sie sollen das Tagesgeschäft, zwei kleinere Aufträge, übernehmen.“
Auch der Streifenwagen der Polizei fuhr wieder ab. Andreas Werner stand noch eine ganze Weile vor dem Haus, obwohl keine Fahrzeuge mehr kamen. Jetzt war die Sonne fast aufgegangen. Julias Vater blickte eine ganze Weile nach oben in Richtung aufgehender Sonne: „Vielleicht gibt es dich ja doch? Wenn ja, erstmal Danke !“

11. In der Gerichtsmedizin

„Kann mir mal jemand sagen, wo ich Karl finde?"
Britta Fuchs kam vom Schiff herunter und sah sich um. Karl Sander war verschwunden. Dafür kam die Staatsanwältin grade aus dem Autohaus Sternberger zurück.
„Das ist ja alles eine riesen Sauerei. Frau Fuchs- haben Sie schon irgendwas? Wer bitte führt hier einen Krieg? Vor allem gegen wen und warum? Da ist ja unser Hauptkommissar, mal sehen was er hat."
In dem Moment klingelte zeitgleich Sander und Brittas Telefon.
„Die Gerichtsmedizin, Frau Dr. Dregger, es gibt erste Ergebnisse. Wer fährt hin? Karl. Kannst du das übernehmen und nimm doch bitte unseren neuen Oberkommissar Oberer mit. Ich komme hier nicht weg. Muss noch mit den Tauchern und der Wapo sprechen, den Einsatz koordinieren. Sobald die KTU auf der „Spreeland" fertig ist, gebe ich das Schiff frei. Die Spree wird wohl an der Stelle noch ein paar Stunden oder länger gesperrt bleiben. Hat die Befragung der beiden Schiffsführer was ergeben?"
Karl Sander sah sich fragend um.
„Wo ist Andreas Werner, der Catering Chef?"
„Ich habe ihn gehen lassen, da ist irgendwas mit seiner Tochter zu Hause. Läuft uns ja nicht weg."
Britta war genervt. Die Staatsanwältin wollte grade gehen. Karl Sander hielt sie zurück.
„Tina, Frau Staatsanwältin, können Sie sich mal bitte die Aussagen der beiden Schiffsführer ansehen. Ich glaube, wir brauchen bald einen Haftbefehl und Durchsuchungsbeschlüsse für die beiden Autohäuser Stern-

berger, Wohnhäuser usw. Das wäre erst mal alles. Reicht aber auch bis heute Mittag. Britta, du solltest Andreas Werner einbestellen und erst mal dabehalten. Na dann werde ich mal in die Charité fahren."
Britta Fuchs nickte ihm zu.
„Wir bleiben per Telefon verbunden. Vergiss Kollegen Oberer nicht. Wo ist der überhaupt? Ich werde über den Kriminalrat zwei Teams für die Befragungen aller Fahrgäste auf der „Spreeland" anfordern. 16:00 Uhr erste Teamsitzung in der Kaithstraße."
Die KTU verließ das Schiff und gab Britta Fuchs ein Zeichen, was wohl so viel hieß wie „Schiff freigeben, alles andere später."
„Kollege Oberer, da sind Sie ja, na denn wollen wir mal, auf in die Gerichtsmedizin, bevor der Berufsverkehr einsetzt."
Eine halbe Stunde später waren beide in der Charité und fanden auch einen Parkplatz direkt an den S-Bahnbögen. Nach dem Karl Sander dem Professor und Marie Dregger den neuen Kollegen vorgestellt hatte, begann Professor Weinert:
„Ich übernehme zunächst Teil eins, meine geschätzte Kollegin, die ja auch vor Ort war, Teil zwei. Also Kollegen, wie Ihr schon ahnt, so ganz einfach ist es nicht. Unser Freund hier sieht ganz gesund aus, auch wenn er jetzt leider tot ist. Es war ein Stich direkt und präzise ins Herz, keine Abwehrverletzungen, nichts. Ich vermute… Kollege kommen Sie ruhig näher ran, oder hattet Ihr in Hamburg keine Leichen? Also: Tür auf, der Täter, ich gehe von einem Mann aus, wegen der vermuteten Wucht und Tiefe des Stiches, sticht zu, einmal, Exitus! Ja, Kollege Sander, ich habe auch fragend ge-

blickt. Wo ist das Blut? Ganz einfach im Brustkorb, in der Brusthöhle. Der Täter hat das Messer ein paar Sekunden stecken lassen, so dass das Blut nicht heraus konnte und sehr schnell den Weg in die Brusthöhle gefunden hatte. Also, Ihr sucht nach einem Messer etwa 25-30 cm, Klinge 12-13 cm, rostfrei Schneide einseitig, sehr scharf, ein Kampfmesser oder so etwas in der Art. Er war sofort tot, konnte nicht ausweichen, hat es auch gar nicht versucht. Klassischer Fall von Messermord, ja wenn nicht…, bitte Frau Kollegin."
Marie Dregger trat an den Tisch, grinste ihren Karl frech an, und er bekam wirklich einen roten Kopf. Dann nahm sie die Tücher vom Toten. Deutlich war der Einstich zu sehen: blau unterlaufen, was von der Wucht des Einstiches zeugte. Die beiden Kommissare sahen fragend zu der Gerichtsmedizinerin, die die Unsicherheit der beiden offensichtlich genoss.
„So meine Herren, jetzt wird es spannend, seht Ihr hier, hier und dort an der Hüfte, das schlecht kaschierte blaue Auge und es gibt noch mehr davon. Nein, keine Augen, er hat auch nur zwei, aber blaue Flecken."
Oberkommissar Fred Oberer fand als erster die Sprache wieder.
„Der ist verprügelt worden, aber mal so richtig und getreten. Wahrscheinlich von mehreren Typen. Also wir hatten da mal in Hamburg einen Fall…"
Karl Sander schnitt ihm das Wort ab:
„Ja schon gut, jetzt sind wir hier und wir suchen nicht nur einen Messerstecher, sondern auch noch ein paar Schläger und was noch viel schlimmer ist: Warum? Was ist hier los? Was hast du für Geheimnisse, Juniorchef?"

Der Professor und Marie Dregger sahen sich vielsagend an. Beide standen etwas abseits mit dampfenden Kaffeetassen und überließen die erste Reihe den Kommissaren. Karl Sander wusste genau, was das zu bedeuten hat.
„Nein bitte, nicht noch etwas!?“
Der Professor konnte sich ein Grinsen nicht verkneifen: „Doch, unser Freund hier war drogenabhängig, Seht mal hier, die Augen, die Füße und Fingernägel und die Haare. Welche Substanzen, wie oft, wie viel, da müssen wir und das Labor noch einiges untersuchen. Aber jetzt macht alles etwas Sinn. Juniorchef hatte wohl ganz tolle Freunde. Vielleicht weiß Papa mehr? Aber da müsst Ihr jetzt ran. Den vorläufigen Bericht gibt es heute Abend, alles andere in den nächsten Tagen. Noch was, Kollegen, bei dem von uns vermuteten Stadium und der Dauer der Sucht muss seine Umgebung was bemerkt haben.“
In dem Moment klingelte Sanders Handy. Es war Britta Fuchs.
„Karl, sie haben die Tatwaffe. Professor Weinert hatte Recht. Es ist ein Krav Maga Combat Militärmesser, ein sogenanntes Stiefelmesser, 24 cm, Klinge 13 cm, rostfrei, Teflonbeschichtung, ein Einsatzmesser für Sondereinheiten, ein Kampfdolch, genehmigungspflichtig. Dafür braucht man einen Waffenschein.“
„Schei..., Marie ich melde mich, wann immer das sein wird. Kommen Sie Oberkommissar, jetzt wird es spannend. Von wegen Unfall und Betriebsfahrt. Danke Ihr Beiden, bei weiteren Überraschungen ruft mich bitte an.

12. Walter Sternberger

„So, Oberkommissar Oberer, ach Quatsch, ich bin der Karl und du der Fred, oder Freddy? In weniger als einem Monat bin ich hier weg auf meinem Balkon oder am Müggelsee, also brauchen wir jetzt auch keine Formalitäten mehr, oder?“
Karl Sander sah den Neuen fragend an. Da war wieder der Tatendrang des Hauptkommissars. Hier gab es mehr, als nur irgendeinen Racheakt auf einem Ausflugsdampfer.
„Fred ist in Ordnung, aber warum bleibst du nicht als Berater beim LKA, wenn du aufhörst im aktiven Dienst? Wir hatten da in Hamburg einen Hauptkommissar…“
Sander erschrak etwas. Genau diese Gedanken bewegten ihn in den letzten Tagen, aber gesprochen hatte er darüber noch mit niemandem. Deshalb sagte er nur wie beiläufig:
„So, meinst du? Lass uns ein andermal darüber reden.“
In der Zwischenzeit waren sie in Friedrichshagen in der Rahnsdorfer Straße angekommen.
„Karl, meinst du, dass der alte Sternberger zu Hause ist?“
Karl Sander zuckte nur mit den Schultern.
„Hübsche Hütte, hier wohnte also bis gestern Maximilian Sternberger, der wie wir ja jetzt wissen, etwas missratene Sohn. Sein Vater blieb ja meist in der kleinen Wohnung über dem Autohaus im Fürstenwalder Damm. Aber die ist ja jetzt gesperrt nach dem Brand, also muss er hier sein. Im Krankenhaus ist er

jedenfalls nicht mehr, obwohl sie ihn ja dabehalten wollten. Fred: beginn du mal mit der Befragung. Ich halte mich erst mal zurück."
Die beiden Polizisten erschraken, als Walter Sternberger die Tür öffnete. Von dem einstmals kräftigen großen Mann war nicht viel übrig, ein Schatten seiner selbst. Die vergangene Nacht war nicht spurlos an ihm vorübergegangen.
Nachdem die beiden Kommissare ihm ihr Beileid ausgesprochen hatten, begann Fred Oberer mit der Befragung, sehr vorsichtig und rücksichtsvoll. Nach wenigen Minuten stand Walter Sternberger plötzlich auf, ging zum Schrank und nahm eine Flasche Cognac und drei Gläser. Stellte alles auf den Tisch und schenkte ein. Als die beiden Kommissare ablehnen wollten, sagte er nur: „Den werden Sie brauchen, denn das was ich Ihnen jetzt erzähle, ist nichts für schwache Nerven. Seit gestern Nacht gibt es die Familie Sternberger nicht mehr und auch die beiden Autohäuser sind Geschichte. Ich werde alles verkaufen, auch das Haus in dem wir jetzt sitzen."
Der alte Sternberger nahm sein Glas in die zitternden Hände und forderte die Beiden auf, es ihm gleich zu tun. Weder Karl Sander, noch Fred Oberer hatten auch nur ein Wort gesagt. Nachdem alle wieder ihre Gläser abgestellt hatten, begann Walter Sternberger zu erzählen.
Von der kleinen Schrauberwerkstatt in Friedrichshagen, die er als junger Mann, grade mal achtzehn Jahre alt vom Vater übernahm, nachdem der auf abenteuerlichen Wegen 1972 in den Westen gegangen war. Aus der

Werkstatt wurde eine PGH. Die Sternbergers reparierten alles, was auf den Straßen der DDR herumfuhr.
Der Freund aus Kindertagen, Bernd Falter, stieg mit ein und wurde PGH Vorsitzender, nach der Wende leitete er die beiden Werkstätten. 1980 heiratete Walter Monika, die 1987 ihr einziges Kind zur Welt brachte: Maximilian. Eine anscheinend glückliche Familie bis zu der Schicksalsnacht vom 17. auf den 18. Mai 2011.
Maximilian war und blieb Einzelkind und entwickelte sich zum „Kotzbrocken" und „Playboy". Vater und Sohn entfernten sich immer mehr. Nur zur Mutter blieb ein enger Kontakt. Sie schirmte ihn auch immer wieder vom Vater ab.
Walter Sternberger nahm sich noch einen Cognac und wurde immer bewegter, nervöser und unruhiger.
„Am 19.Mai warf ich meinen Sohn raus und er ging soviel ich weiß nach München zu BMW. Als Vertragswerkstatt und Autohaus hatten wir ja zu denen gute Kontakte. Dann hörte ich nie wieder etwas von ihm. Zu seiner Mutter gab es wohl einen Kontakt. Sie wurde krank und starb 2015 an Krebs. Vor fünf Monaten habe ich meinen Sohn zurückgeholt, um die Werkstatt zu übernehmen. Ja, ich wusste, dass er drogenabhängig war, aber er versprach mir hoch und heilig, beim Andenken an seine Mutter, dass er schon seit drei Jahren clean sei."
Jetzt war es Zeit für den dritten Cognac. Die beiden Kommissare sahen sich fragend an, was wohl bedeuten sollte: Warum erzählt er uns das?
Fred Oberer stellte noch ein paar Fragen, vor allem zum Unfall und der Fahrerflucht vom 17.Mai 2011.
Der letzte Satz von Walter Sternberger lautete:

„Nein, mein Sohn war nicht der Unfallfahrer. Damals wollte er den wirklichen Fahrer schützen, oder aber hatte Angst vor ihm. Hätte ich das gewusst, alles wäre anders gelaufen. Jetzt bitte ich Sie zu gehen, mehr gibt es nicht zu sagen und ich werde auch keine weiteren Aussagen machen. Hier ist die Adresse von meinem Anwalt."
Er reichte den Beiden eine Visitenkarte, stand auf und ging vor zur Tür.
Als Karl und Fred am Auto standen strahlte die frühsommerliche Mittagssonne mit aller Kraft.
„Die Jacken brauchen wir jetzt nicht mehr, sag mal Karl, glaubst du ihm?"
Karl Sander sah seinen Kollegen fragend an:
„Du etwa? Also ich nicht, kein Wort. Die Familiengeschichte scheint echt zu sein, das könnten wir ja nachprüfen, aber der Rest? Er hat nur das ausgesagt, was wir schon wissen. Den Nächsten, den wir befragen, ist auf jeden Fall Andreas Werner, der das Opfer zuletzt gesehen hatte und den die Zeugen als letzten direkt am Tatort gesehen haben. Nach ihm war niemand mehr unten im Schiff. Aber der Schlüssel zu dem Fall liegt in den Ereignissen am 17. Mai 2011 und in München. Macht Ihr mal die Befragung von dem Werner. Ich werde jetzt schlafen gehen und dann eine andere Spur verfolgen."

13. Teamsitzung im LKA

Es waren noch nicht mal 48 Stunden seit den Ereignissen auf der MS Spreeland vergangen. Eigentlich ein ruhiger Nachmittag und außerdem noch ein Sonntag. Pünktlich um 16:00 Uhr kamen alle in den kleinen Konferenzraum in der Kaithstraße. Susi Weiß und Peter Schneider hatten das große Whiteboard vorbereitet, noch nicht alle Bilder der Verdächtigen, aber fast und erste Verbindungen konnte man erkennen. Ein Kollege aus der KTU und Marie Dregger waren auch mit den ersten Erkenntnissen, bzw. dem vorläufigen Obduktionsbericht anwesend. Die Befragungen aller Mitarbeiter der Firma Sternberger, die auf dem Schiff mitfuhren, lief noch, etliche Teams des LKA und auch des Kriminaldauerdienstes hatten noch zu tun und erst in den nächsten zwei Tagen würde es Ergebnisse geben. Es lag eine gespannte Stille über dem Raum, als Kriminalrat Winter und die Staatsanwältin Dr. Tina Steffens eintrafen.

„Wo ist HK Karl Sander?“ Der Kriminalrat war sichtlich sauer.

„Er wollte kurz nach Hause und dann noch einer neuen Spur nachgehen,“ meldete sich Renate Klein zu Wort.

Der Kriminalrat wollte grade lospoltern, als die Tür aufging und Britta Fuchs eintrat. Es hatte noch niemand bemerkt, dass sie noch fehlte. Jetzt war der Kriminalrat erst mal sprachlos, hatte sich aber schnell wieder im Griff.

„Nach der Sitzung: Frau Hauptkommissarin Fuchs und Frau Staatsanwältin Steffens bitte in mein Büro… und können wir jetzt beginnen.“

Nun war die Routine wieder eingekehrt. Marie Dregger legte als erste den vorläufigen Obduktionsbericht vor, einschließlich der Hämatome und blauen Flecken, die nahelegten, dass Maximilian Sternberger ein bis zwei Tage vor der Ermordung zusammengeschlagen wurde, und zwar von mehreren Tätern.
„Bei dem, was wir gefunden haben, sollte das Motiv Rache, wegen eines Unfalls von vor zehn Jahren, gründlich hinterfragt werden."
Die Vermutungen der Gerichtsmedizinerin wurden seitens der KTU unterstützt und bestätigt.
„Warum sind denn die Hämatome niemandem aufgefallen, sie sind doch hier auf den Bildern deutlich zu sehen. Er hatte ein Sommerhemd an, also waren die Arme frei! Ich möchte, dass die Mitarbeiter zu etwaigen Wahrnehmungen in diese Richtung auch befragt werden. Mit was für einer Sauerei haben wir es hier zu tun?"
Die Staatsanwältin war näher an die Videowand heran gegangen und setzte sich jetzt wieder. Jetzt meldete sich HK Britta Fuchs:
„Die Befragungen sind noch längst nicht abgeschlossen, aber wir haben bereits einige gesicherte Ergebnisse. Es gab einen heftigen Streit, bevor die Schiffstour losging zwischen Walter Sternberger und Andreas Werner, dem Chef der Cateringfirma und jetzt halten Sie sich bitte alle fest: er ist bzw. war der Vater der beiden Opfer des Unfalls mit Fahrerflucht im Mai 2011. Es kommt noch besser. Wie ich eben durch ein Telefongespräch mit einem Kollegen aus Köpenick, ein damaliger Zeuge des Unfalls, erfuhr, war der jetzige zweite Schiffsführer und Maschinist der „Spreeland" der

Verlobte von Laura Werner. Sie ist bei dem Unfall getötet worden und war die Schwester von Julia Werner, die seitdem im Rollstuhl sitzt."
Eisiges Schweigen im Raum, niemand sagte ein Wort. Nur die Staatsanwältin flüsterte Kriminalrat Winter etwas zu, stand auf und ging hinaus. Jetzt meldete sich Kommissar Peter Schneider und berichtete, dass er 2011 als Streifenpolizist zum Unfall in der Wendenschlossstraße gerufen wurde und ihm dort ein junger Mann aufgefallen war, der nicht ansprechbar am Straßenrand saß, die tote Laura im Arm hielt bis man ihn gewaltsam von dem Opfer trennte.
Jetzt übernahm wieder Britta Fuchs und äußerte die Vermutung, dass in der Nacht im Mai 2011 etwas ausgelöst wurde, dass direkt zu dem Mord an Maximilian Sternberger führte. In dieser Nacht und danach wurden bei den Ermittlungen eine Reihe Fehler begangen, die eigentlich längst zu dem Todesfahrer hätten führen müssen.
Kriminalrat Winter stand so heftig auf, dass sein Stuhl nach hinten flog.
„Frau HK Fuchs, teilen Sie Ihre Leute ein, wenn Sie Verstärkung aus den anderen Dezernaten brauchen, sagen Sie Bescheid. Kommissar Schneider: Sie begeben sich nach Köpenick ins 36. Revier, wühlen Sie sich durch die Akten und graben Sie nach den Ereignissen vom 17.5.2011. Nehmen Sie eine ganz große „Schaufel" mit und kommen Sie erst wieder, wenn Sie etwas gefunden haben. An die Arbeit, Leute und ich will den Sander sprechen, sofort! Keiner geht nach Hause, bis wir nicht diesen Sch.....–fall gelöst haben. Macht Euch auf Überraschungen gefasst, hier kommt bestimmt noch

was. Frau Klein, machen Sie mir bitte eine Verbindung zum 4., zur Drogenkriminalität.
Frau Fuchs und Frau Steffens, wo ist die denn nun schon wieder, bitte in mein Büro.“ Eben in dem Moment kam auch die Staatsanwältin zurück. Als alle drei saßen und Renate Klein frischen Kaffee abgestellt hatte, begann der Kriminalrat:
„Das, was ich Ihnen jetzt zu sagen habe, bleibt erst einmal in diesem Raum. Wir gingen doch immer davon aus, dass die Motive für den Mord an Bord der „Spreeland“ im Bereich Rache für irgendetwas liegen.“
Britta Fuchs schenkte den Spezialkaffee der Marke „Klein“ ein. Den brauchten jetzt alle dringend.
„Chef, Sie spielen auf den Streit zwischen Andreas Werner und dem alten Sternberger auf dem Schiff an?“
„Ja, das wäre möglich.“
Frau Steffens wühlte in ihrer Tasche und beförderte ein Schreiben hervor, legte es auf den Tisch und sagte nur:
„Wenn es hier aber um ganz etwas anderes geht, etwas viel Größeres? Wann wurde Maximilian Sternberger aus München von seinem Vater zurückgeholt? Vor sechs Monaten, dann lesen Sie bitte hier.“
Der Kriminalrat und seine Hauptkommissarin wurden sichtlich blass. Der Kriminalrat sammelte sich als Erster.
„Wir machen jetzt Folgendes: das, was wir drei denken, bleibt noch unter der Decke. Der erste Ermittlungsansatz Rache, Familienstreit bleibt bestehen. Andreas Werner wird einbestellt oder vorläufig festgenommen. Ich will wissen, wer war der irre Fahrer, der für den Tod seiner Tochter verantwortlich war, was weiß

Andreas Werner und woher bzw. von wem? Der Freund der Toten vom Unfall wird noch einmal vernommen, von Ihnen, Frau Fuchs."
Eisiges Schweigen im Raum, bis sich Frau Steffens meldete: „Rechtlich ist es etwas bedenklich, den Andreas Werner festzunehmen, aber die Fakten geben es her. Aber Sie müssen wissen: er war es nicht. Wir beruhigen damit den Hintergrund. Ich spreche mit meinem Kollegen in München, dann sehen wir weiter."
Damit nahm Tina Steffens das Schreiben, dass eben wie eine Bombe eingeschlagen hatte und verließ den Raum. Sie hielt ihr Handy hoch, was so viel hieß, wie wir bleiben ab sofort ständig in Kontakt.
„Frau Fuchs, Sander sofort zu mir. Wo ist Max? Lassen Sie ihn holen. Wer kann Kontakt zum bayrischen LKA nach München aufnehmen?"
Britta Fuchs überlegte kurz:
„Oberkommissar Fred Oberer, den Neuen, den kennt niemand, er kann sich unter dem Radar bewegen."
„Dann mal los, schicken Sie den OK zu mir, alle anderen arbeiten weiter. Sie bekommen Verstärkung von der 4 Drogenkriminalität, mal sehen was die haben."
Für den Kriminalrat war es wichtig eine neue Struktur zu haben. Wäre es bei „Rache" und „Unfall" geblieben, wäre der Fall noch heute an die Kollegen in Köpenick gegangen, aber so blieb alles beim LKA.
Kriminalrat Winter griff zum Telefon, er war wieder mal mitten drin und da fühlte er sich gut und gebraucht.

14. Sebastian und Julia

Torsten, der Schiffsführer und Sebastian hatten den ganzen Tag zu tun gehabt, das Schiff wieder auf Vordermann zu bringen, die Reinigung zu beaufsichtigen und die Maschinen zu prüfen. Sebastian funktionierte wie ferngesteuert, nahm aber die Gelegenheit wahr, das ganze Schiff noch einmal zu untersuchen, irgendein Hinweis, irgendctwas. Aber nichts zu finden, rein gar nichts. Was war da unten geschehen, vor allem wer hatte Maximilian Sternberger erstochen? Er war es schon mal nicht, ja er hatte es geplant und es sollte auch auf dieser Fahrt passieren, aber da war jemand schneller. Der Vater von Laura und Julia? Niemals, der konnte keiner Fliege etwas zu leide tun. Allerdings musste er auch einen Brief bekommen haben. Der Streit mit dem alten Sternberger, er wusste etwas, alles deutete darauf hin. Aber jetzt breitete sich eine Leere in Sebastians Kopf aus und er musste erst einmal zu Julia. Sie hatte versucht, ihn den ganzen Tag auf dem Handy zu erreichen, aber was sollte er ihr sagen? Sie beide wollten den Plan umsetzen, Maximilian zu töten. Das hatten sie sich damals, als der verfluchte Brief kam, am kleinen Müggelsee geschworen. Er musste und sollte sterben, das war jetzt geschehen. Aber wer? Julias Vater war es auf keinen Fall. Das waren alles Gedanken, die wild in Sebastians Kopf Karussell fuhren als er bei Julia zu Hause ankam.

Er bemerkte sofort, irgendetwas stimmte nicht, alles hell erleuchtet, Julias Mutter öffnete die Tür und er sah es gleich, sie hatte geweint. Hinter ihr stand ein fremder

Mann, der Anwalt der Firma und Familie. Oben an der Treppe saß Julia im Rollstuhl.
„Was ist denn los?"
Sebastian spielte den Ahnungslosen, obwohl er ahnte worum es ging.
„Sie haben meinen Mann, Julias Vater abgeholt, es bestehe dringender Tatverdacht. Julia war zu Hause, sie kann dir alles erzählen."
Mit zwei Sprüngen war Basti bei seiner Julia. Gefühlte fünf Minuten ließ sie ihn nicht wieder los. Was ihre Mutter und der Anwalt da sahen und dachten interessierte sie nicht. Sie waren ja erst kurz zusammen. Als sie ihn wieder los lies, schob er sie behutsam in ihr Zimmer.
„Warst du es? Warum hast du dich nicht gemeldet, bist nicht an dein Handy gegangen? Mach das nie wieder, ich bin fast vor Angst gestorben."
Sebastian setzte sich vorsichtig auf die Bettkante und berichtete ihr von den fast zwei Tagen.
Auch Julia erzählte vom Zusammenbruch ihrer Mutter, dem ratlosen Vater und den vielen Polizeibesuchen.
„Ja, aber wer und was steckte dahinter, die Polizisten sagen uns nicht alles. Sie müssen doch was am Tatort gefunden haben. Dein Vater war der Letzte, den man da unten gesehen hatte. Mein Messer kann nicht die Tatwaffe gewesen sein, hier ist es. Ich hatte es die ganze Zeit bei mir. Ich war nicht mal in der Nähe."
Julia sah ihren Basti verliebt an.
„Na in den Knast musst du jedenfalls jetzt nicht. Aber was willst du mit einer Rollstuhltussi in deinem Leben?"
Sebastian sprang entsetzt auf.

„Hör auf, du weißt, dass das keine Rolle spielt, ich liebe Dich. Daran ändert auch der Rollstuhl nichts!"
Sie stellte sich mit ihrem Rollstuhl neben ihm.
„Wir probieren jetzt was aus. Hilf mir mal aus dem Ding raus und halte mich fest, nur zur Sicherheit."
Sebastian sah sie ungläubig an. Tat aber alles, was sie ihm sagte. Julia stand neben ihm, eine Hand am Rollstuhl und auf der anderen Seite hielt sie ihr Basti ganz fest. Etwas wackelig schien ihr das Ganze schon. Jetzt sollte die Stunde der Wahrheit kommen:
„Basti lass los!"
„Bist du verrückt?"
Langsam ließ er los. Sie hielt sich noch mit einer Hand am Rollstuhl fest. Zwei wacklige Schritte, es ging, jetzt blieb sie stehen und ließ alles los. Sie stand, nicht fest, aber sie stand frei, machte einen Schritt und ließ sich in Bastis Arme fallen. „Was war das jetzt? Julia, seit wann weißt du es? "Unter Tränen begann sie ihm zu erzählen von den Polizisten und der Nachricht vom Tod Maximilian Sternbergers.
„Da ist irgendetwas durch meinen Körper gesaust, die Beine kribbelten und ich stand auf, habe geschrien und schon saß ich wieder in dem Ding. Der Notarzt sagte, es sei wohl ein Nervenimpuls, eine einmalige Sache.
Diese einmalige Sache habe ich dann noch dreimal versucht und du hast es gerade auch erlebt. Morgen gehe ich zum Neurologen." Basti war sprachlos und verstand nichts mehr.
„Basti, das behalten wir erst mal für uns, mal sehen was der Arzt sagt. Kommst du morgen mit?"
Es klingelte. Draußen standen zwei Polizeibeamte.
„Wir sollen Sebastian Lange zur Befragung abholen."

15. Max

Max öffnete die Tür und schaute Karl Sander entsetzt an.
„Keine Pizza, Karl? Wenn ich Hunger habe und total unterzuckert bin geht gar nichts.“
Karl Sander grinste nur
„Dir auch einen schönen Tag, lieber Max, aber die Pizza kommt sofort.“
Es klingelte schon wieder. Max schaute etwas verwirrt.
„Ist das hier der Ostbahnhof?“
Jetzt musste auch Karl Sander lachen.
„Nein das ist nicht der Pizzabote. Das ist Fred Oberer, Oberkommissar aus Hamburg, unser Neuer. Er soll alles zu Maximilian Sternberger untersuchen. Alles zu fast zehn Jahren München. Wir dachten, bevor er….“
Max nahm die Pizzen und die Cola Büchsen und stoppte die ausführlichen Erläuterungen des Hauptkommissars.
„Weiß ich doch alles schon. Euer Boss hat angerufen und mir schon was gesteckt. Wenig, sehr wenig, aber Max kriegt da schon was raus, das heißt hat er schon. Aber erst mal essen. Wie geht es übrigens Paul? Warum habt ihr ihn nicht schon längst angerufen. Der Chef einer Security-Firma weiß in jedem Fall mehr als das LKA. Schon gut Karl, habe ich auch erledigt, er ist im Boot. Pizza ist super, Fred. Auf der Basis ist gut zusammenarbeiten.“
Karl wusste es und Fred Oberer jetzt auch. Pizza und Cola sind für Max heilige Rituale. Da ging nichts. Karl Sander war sich sicher, Max hatte in der kurzen Zeit, in der Karl ihn gebeten hatte über Maximilian Sternberger

zu recherchieren schon mehr herausbekommen, als die ganze Polizei und das LKA in den letzten Jahren. Endlich war es soweit. Von den Pizzen waren nur noch die Kartons übrig. Max setzte sich sichtlich beruhigt an sein Cockpit, wie er es nannte, fuhr alle sechs Bildschirme hoch und forderte die beiden Kommissare auf:
„So, nehmt Euch einen Stuhl, jeder einen und dann lasse ich Euch an meinem umfänglichen Wissen teilhaben. Bei einigen Zusammenhängen müsst Ihr mir schon helfen. Also dieser Maximilian Sternberger sollte Papas Autohäuser übernehmen, weil er in München studiert hatte und dann bei Audi im mittleren Management gearbeitet hatte? Richtig?"
Die beiden Kommissare nickten gleichzeitig und Karl Sander ergänzte:
„Ja, genau und vor fast einem halben Jahr hat ihn dann sein Vater zurück nach Hause geholt, nachdem er ihn vor fast zehn Jahren rausgeschmissen hatte."
Max musste herzlich lachen.
„Die verarschen euch alle. Das einzige was da stimmt, sind die Zeitabläufe, alles andere Schall und Rauch. Aber der Reihe nach. Hier links, schaut auf den Bildschirm, habe ich alles über den Unfall in der Wendenschlossstraße vom 17.05. 2011. Wer hat da eigentlich ermittelt, untersucht? Na egal. Ich habe etwas gezaubert, seht Ihr was?"
Beide schauten auf den Bildschirm und erschraken.
Karl Sander schüttelte nur den Kopf, Fred Oberer sprang auf und zeigte auf den Bildschirm:
„Das sind ja zwei! Da- genau zu sehen."
Max klatschte Beifall.

„Siehste Karl, dazu haben wir keine Minute gebraucht. Das Bild ist aus den Polizeiakten von dem Unfall. Die damalige Umgebungsrecherche. Hätte man es etwas bearbeitet und genau hingesehen, man hätte es sehen müssen, aber Max hat weiter gemacht.“
Max zog ein Bild von Maximilian Sternberger rüber neben das Blitzer Foto.
Fred Oberer war wieder schneller als Karl Sander.
„Der Sternberger saß gar nicht am Steuer. Da er auf dem Beifahrersitz saß, sieht man ihn gut. Aber wer war da am Steuer?“
Max zuckte nur mit den Schultern.
„Krieg ich nicht besser. Die Original Blitzerfotos sind längst gelöscht. Den Beifahrer können wir nicht mehr fragen. Das hätte alles vor zehn Jahren passieren müssen. Es gibt zwei Möglichkeiten: Maximilian Sternberger saß nicht am Steuer, oder die Beiden haben nach dem Blitzer getauscht, sehr unwahrscheinlich. Vom Blitzer an der Tankstelle bis zur Unfallstelle keine 1000 Meter. Anhalten, tauschen und wieder auf fast 130km/h beschleunigen, geht nicht. Also es ist ein anderer gefahren. Wer? Wieso und warum der junge Sternberger alles auf sich nimmt, er sich zu Haus rausschmeißen lässt und die Studium- und BMW Legende aufbaut. Warum tut er das? Für einen Jugendfreund, wohl kaum.“
Sander ist aufgestanden, ans Fenster gegangen und überlegt.
„Gut, Max wir haben jetzt fast die Wahrheit zum Unfall von vor zehn Jahren. Eine Tote, ein Mädchen im Rollstuhl, zwei kaputte Familien und jetzt nach zehn Jahren schlägt einer zu und rächt die beiden, bitte, erst nach zehn Jahren! Das passt nicht. Das alles passiert nach-

dem der junge Sternberger zurückgekommen ist und das Autohaus übernehmen soll. Nach einem halben Jahr. Max, Fred denkt mal nach, was stimmt hier nicht?“

Fred steht auf und stellt sich neben Karl Sander.

„Hier stimmt gar nichts. Wer verhört den Freund der getöteten Laura?“

„Britta, warum?“

„Karl wir müssen gleich morgen früh schauen, was er ausgesagt hat.“

„So machen wir das, aber für heute ist Schluss! Bier, im Anker? Max, kommst du mit?“

„Na klar, aber erst noch das Wichtigste: Maximilian Sternberger hat in München nie studiert und auch nicht bei BMW gearbeitet, nicht mal als Hausmeister. Morgen dann mehr. Aber jetzt ab nach Köpenick. Peter, wir kommen!“

16. Der Geschäftspartner

Es gab heute einen schönen Frühsommertag. Die Luft war schon richtig warm und auch jetzt am Abend hielt noch das schöne Wetter. Walter Sternberger hatte sich einen Gartenstuhl aus der Garage geholt und sich unter den großen Apfelbaum vor das Haus gesetzt. Noch konnte er das, was da in den letzten Tagen passiert war, nicht zusammenbringen. Es ergab keine Logik, nichts passte zusammen. Er glaubte seinem Sohn, hatte ihm damals vor fast zehn Jahren schon geglaubt, dass er den SUV nicht gefahren habe, aber wer dann? Warum ließ er sich lieber rausschmeißen, als mit der Wahrheit rauszurücken? Er, Walter Sternberger, war der einzige der meinte zu wissen wer damals das Todesauto in der Wendenschlossstraße gefahren hatte, sein Sohn nicht, aber wer dann? Die Polizei war schnell mit ihren Ermittlungen durch, Auto unbekannt, keinen Täter, nach einem halben Jahr wurden die Ermittlungen eingestellt. Da war nur noch sein alter Freund und Werkstattleiter Bernd Falter, der etwas ahnte und auch wusste. Bernd war es, der damals in einer Nacht- und Nebelaktion den SUV reparierte, alle Spuren des Unfalls beseitigte. Er brauchte ja damals nur eins und eins zusammenzuzählen, mit den Berichten in der Zeitung zu vergleichen. Für ihn schien klar: Maximilian Sternberger ist der Todesfahrer. Aber Bernd Falter verstarb vor kurzem. Eins war Walter Sternberger klar, er würde alles verkaufen, dann weg aus Berlin und das alles möglichst schnell. Schon Morgen würde er alles in die Wege leiten.

Er saß so tief in Gedanken versunken, dass er nicht den Mann bemerkte, der hinter ihm stand und ihn plötzlich ansprach.
„Hallo Herr Sternberger, ich müsste Sie dringend sprechen, es geht um die Geschäfte ihres Sohnes.“
Sternberger sprang auf und beide standen sich gegenüber, keinen Meter Abstand.
„Wer sind Sie, was wollen Sie? Ich habe mit irgendwelchen Geschäften meines Sohnes nichts zu tun. Wenn Sie es noch nicht wissen, Maximilian ist tot, ermordet vor nicht einmal drei Tagen.“
Der Fremde setzte sich auf den Gartenstuhl und ließ den alten Sternberger stehen.
„Oh doch, Herr Sternberger. Maximilian war mein Geschäftspartner, alles lief gut, aber dann vor fast sechs Monaten erklärte er mir, nur kurz nach Hause zu müssen, ein Todesfall wohl. Er kam nicht wieder, kein Zeichen- nichts. Wäre alles auch noch nicht so schlimm, ja wenn da nicht noch etwas wäre. Wir sollten ins Haus gehen. Das geht nur uns beide etwas an.“
Ohne ein Wort zu sagen stand der unbekannte Besucher auf und ging in Richtung Haus. Walter Sternberger blieb nichts anderes übrig, als hinterherzugehen.
„Sehen Sie Herr Sternberger, so redet es sich doch viel besser. Machen wir da weiter, wo wir im Garten aufgehört haben. Maximilian hat uns bestohlen, die Geschäftskonten abgeräumt. Zwei Millionen fehlen. Bei den Geschäften, die wir betreiben, keine kleine Summe. Ich wollte einfach nur mit ihm reden. Wir waren ja mal Freunde, sehr alte Freunde.“
Jetzt fiel dem Alten es wie Schuppen von den Augen. Er kannte den Typen, der da vor ihm saß. Er war vor

Jahren hier ein- und ausgegangen. Seine Eltern wohnten nur eine Straße weiter. Sternberger versuchte es auf gut Glück.
„Wie geht es eigentlich Ilse und Frieder, Deinen Eltern?“
Von einer Sekunde auf die nächste fiel seinem Gegenüber die Farbe aus dem Gesicht und ein Hass erfülltes Gesicht kam zum Vorschein.
„Haben Sie mich erkannt. Hat ganz schön gedauert. Ja- ich bin es, der kleine doofe Micha. So nachdem wir das jetzt geklärt haben, `Butter` bei die Fische. Wir wollen unser Geld zurück. Zwei Millionen, wie ist egal, aber in acht Tagen. Genaue Anweisungen folgen. Keine Polizei, die glauben Ihnen ja doch nicht. Kein Wort zu niemandem und lassen Sie meine Eltern aus dem Spiel, die trauern schon seit fünf Jahren um ihren Sohn. Ein Ausflug in den Alpen, nur Maximilian kam zurück. Hat er gut hingekriegt. Unsere Geschäftspartner sind übrigens nicht so geduldig wie ich, Maximilian hat es zu spüren bekommen. Also keine Spielchen. Sonst brennt nicht nur ein Autohaus und noch mehr Tote wollen wir doch beide nicht. Ich melde mich.“
Ohne ein weiteres Wort ging Micha, wie er gekommen war. Walter Sternberger saß in seinem Sessel, zu keiner Regung fähig. Wer war sein Sohn gewesen? Die einzige, die etwas wissen könnte, wäre seiner Mutter gewesen, aber sie verstarb vor fünf Jahren.
Nach einer sehr langen Zeit, draußen wurde es bereits dunkel, nahm er sein Handy und drückte eine gespeicherte Nummer.

„Tina? – kannst du bitte sofort zu mir kommen in die Rahnsdorfer Straße. Es ist etwas Schlimmes passiert. Wir müssen reden.“
Walter Sternberger ging nach dem Telefonat in sein ehemaliges Arbeitszimmer. Dort in einem Regal lagen die Familienalben, Fotos von der Hochzeit, der Geburt des Sohnes, Urlaube und vieles mehr. Seine Frau hatte die ganzen Erinnerungen sortiert, beschriftet und chronologisch gesammelt. Nach ihrem Tod folgte nichts mehr. Es gab keine Gründe mehr zu fotografieren. Er suchte etwas. Ein letztes Foto von Maximilian, die Abiturfeier mit seinen Kumpels hier im Garten.
Es dauerte nicht lange, eines der letzten Bilder, ein Gruppenfoto der Abiturklasse unter dem Apfelbaum. Ja, da neben seinem Sohn stand er: Michael Spiegel, genannt Micha Unscheinbar, fast schüchtern sah er da aus. Aber kein Zweifel- er war es. Er sprach es zu sich selbst:
„Ich kriege dich, ich werde dich vernichten und wenn es das Letzte ist, was ich tue. Das schulde ich meinem Sohn!“
Walter Sternberger dachte an das Erbstück, das ihm sein Vater vermacht hatte, die alte Walter PPK, es war Zeit sie aus dem Garten zu holen. Morgen würde er sie ausgraben. Die Munition lag im Schreibtisch,
Waffenöl hatte er auch noch.

17. Spekulationen

Wie schon so oft hatte sich Karl Sander einen Wagen aus dem Fuhrpark des LKA genommen und fuhr jetzt erst einmal nach Hause. Drei Tage fast ohne Schlaf waren genug. Marie müsste jetzt auch zu Hause sein. Die Obduktion war abgeschlossen, er hatte den Bericht gelesen und wusste auch nicht mehr als zuvor. Die Todesursache schien klar. Aber warum war Maximilian Sternberger ein bis zwei Tage zuvor so heftig verprügelt worden und warum gab es keine Anzeige, nichts. Keiner will etwas bemerkt haben. Die Zeugenbefragungen aller Fahrgäste auf dem Schiff und auch der Besatzung ergaben einfach nichts. Andreas Werner, den Chef der verantwortlichen Cateringfirma, mussten sie wieder gehen lassen. Ja, er war der letzte, der Maximilian Sternberger gesehen hatte, wie er zur Toilette ging, aber sonst nichts. Die DNA am Toten sei nicht mit ihm identisch, unbekannt. Er war aber der Vater der beiden Mädchen, die vor zehn Jahren in den Unfall verwickelt waren und jetzt war eine tot und die andere saß im Rollstuhl. Aber, wenn es um Rache ging, nach zehn Jahren? Das stimmte alles nicht überein. Nein, der Hauptkommissar ging sicher davon aus, hier ging es um mehr.

Das alles ging Karl Sander durch den Kopf, als er auf den Parkplatz vor seinem Haus fuhr. Es würde sein letzter Fall sein, aber deswegen musste er besonders aufpassen. Da sollte nichts hängen und liegen bleiben.

Ausgerechnet jetzt klingelte das Telefon:

„Ja…“

„Fred Oberer hier, Karl, bist du das?"
„Ja, was gibt es, ich gehe jetzt schlafen."
„Kannst du auch gleich, aber hör mir kurz zu. Wir bekommen morgen Besuch aus München, LKA-Drogendezernat. Wenn das alles stimmt, was mir der Kollege am Telefon erzählt hat, dann sieht das alles ganz anders aus. Es hat vor ein paar Tagen eine Drogenrazzia im Münchner Osten gegeben. Der Tipp kam aus der Szene und unser ermordeter Maximilian Sternberger hängt da voll drin. Sie haben ihn nicht erwischt. Na klar, er war da schon seit fünf Monaten in Berlin. Ich bekomme alle Unterlagen auf den Rechner und wir müssen dann alles akribisch durchgehen. Alles, was wir bis jetzt hatten, sind Spekulationen. Nach Aussagen von ein paar Leuten, die die Münchner bei der Razzia hochgenommen haben, sind es zwei Bosse.
Alles hoch professionell durchorganisiert, aber das sehen wir uns morgen an. Ich hole den Kollegen vom BER ab und wir treffen uns dann gleich bei uns. Von unseren „Drogenfuzzis" kommt auch einer dazu. Der Kriminalrat will auch dabei sein. Ach ja, und Peter Schneider ist in Köpenick in den alten Akten zum Unfall auch fündig geworden. Es gibt also viel zu tun, um Licht in das Dunkel zu bringen. Bis jetzt waren es alles nur Spekulationen, jetzt wird es konkret. Peter und Susi bleiben am Unfall dran. Ach ja noch was. Dann lasse ich dich in Ruhe. Du sollst einen Harry in Köpenick anrufen. Du wüsstest Bescheid. Bis Morgen, gute Nacht, Karl."
„Tschüss Fred, bis morgen."
Karl Sander musste etwas lächeln. Also doch! Der olle Sander hatte Recht. Der neue Oberkommissar Oberer

ist offensichtlich ein guter Mann. Warum haben die ihn in Hamburg gehen lassen ?
Während der Fahrstuhl nach oben fuhr, reifte bei Karl Sander ein Plan. Oben angekommen, stellte er fest, dass Marie noch nicht zu Hause war. Im Computer fand er eine Nachricht, dass sie wohl noch die ganze Nacht beschäftigt sei. Sie wollte den Professor nicht alleine lassen. Es war wieder einiges los gewesen am vergangenen Wochenende im schönen Berlin.
Sander griff zum Telefon:
„Britta, bist du noch im Büro? Nein? Super und wo ist Tarek? Auch da, toll. Eigentlich wollte ich ein paar Stunden schlafen, aber das muss warten. Ich hatte eben einen Anruf, in unserem sogenannten Rachemord, da braut sich etwas zusammen. Könntet ihr zu mir kommen? Nein, nicht jetzt, in zwei Wochen!! Natürlich sofort, ich hole Max dazu.“
Kurze Pause am Telefon, dann war Tarek dran:
„Wann bist du endlich im Ruhestand? Wir kommen und Pizza für alle, Rotwein?“
Sander atmete tief durch und war erleichtert.
„Ihr habt was gut bei mir, bis gleich.“
Noch ein Telefongespräch.
„Max? Sofort zu mir. Tarek und Britta kommen auch und es gibt Pizza. Bis gleich !“
Sander dachte noch, also der ist wirklich der Unkomplizierteste.
Noch ein Telefonat:
„Peter, Karl hier. Wo bist du? Zu Hause, super, kannst du zu mir rüber kommen? Ja, immer noch im Allendeviertel. Gut, bis gleich.“

Klappte ja alles wie geschmiert. Jetzt nur noch warten und dann waren wohl alle in ein paar Stunden etwas schlauer.

18. Café am Nordufer

Das kleine Café zwischen Wedding und Mitte war und ist der ideale Ort für Treffen aller Art. Ob Verliebte, Geschäftsleute oder für die, die etwas zu besprechen hatten, das andere nichts anging. Michael Spiegel war erst wieder für ein paar Tage in Berlin und so richtig verstand er nicht, was hier so seit einem halben Jahr vor sich ging. Etliche Jahre liefen die Geschäfte im fernen München super. Maximilian Steinberger war nicht das, was man einen guten Freund nennen würde, aber dass er vor zehn Jahren gegenüber dem alten Sternberger die Schuld am Unfall auf sich genommen hatte, das fand er super. Damit wurde der Unfall auf Druck des Alten unter den Teppich gekehrt und alles schien gut. Aber wieso kippte jetzt alles und warum der Griff in die Kasse ihres Unternehmens? Ja, und dann noch die Italiener, die verstanden keinen Spaß. Sie ließen die beiden gewähren, wenn nur genug Profit abfiel. Aber zu spaßen war mit der Cosa Nostra auch hier in Deutschland nicht. Als vor zehn Jahren die beiden Drogenamateure mit harmlosem Haschisch begannen, schien alles harmlos und keiner interessierte sich dafür. Das änderte sich mit dem Einstieg in den Kokainhandel. Auf einmal waren sie drin im europaweiten Drogenhandel und die Cosa Nostra hatte sie fest im Griff. Da kam auch das große Geld, aber die Gefahren stiegen und wurden real. Zwei Millionen hatte Maximilian mitgehen lassen und offensichtlich auch mit der Drogenfandung einen Deal gemacht. Die Razzia im Münchner Osten ging eindeutig auf seine Kappe. Für Michael ging es nur noch

darum, das Geld zu finden und selbst irgendwie aus der Sache rauszukommen. Das Wieso und Warum interessierte die Italiener nicht. Die wollten nur ihre Kohle zurück. Der verprügelte, dann tote Maximilian und die angezündete Werkstatt in Köpenick zeigten allen, wie ernst sie es meinten. Wenn er da nicht mitspielte, dem ging es auch ganz schnell an den Kragen.
Jetzt wartete Michael schon fast eine Stunde hier und niemand kam. Kein gutes Zeichen. Er rechnete schon nicht mehr damit, dass noch jemand auftaucht, dann ging ein Junge ins Café, direkt auf Michael zu und gab ihm einen Zettel. Auf dem Zettel stand eine Telefonnummer und die Aufforderung: „ anrufen in 15!" Nicht gut, gar nicht gut, die verloren die Geduld.
Michael zahlte und verließ das Lokal. Er suchte sich eine möglichst belebte Stelle und fand eine gut frequentierte Bushaltstelle. Hier wartete er bis zum ausgemachten Zeitpunkt. Noch blieb ein Moment zum Überlegen. Jetzt hatten sie ihn im Visier. Maximilian war es, der die Typen angeschleppt hatte. Fast fünf Jahre lief alles gut, Holländer lieferten den Dop, sie vertickten ihn in München und Umgebung, kein schlechtes Geschäft. Aber dann mit den Italienern und dem Kokain begannen die Probleme. Das Geld verdreifachte sich, aber sie waren nur noch Zwischenhändler der Mafia.Vor fünf Monaten dann musste Maximilian plötzlich nach Berlin, eine Familienangelegenheit und es hing wohl irgendwie mit dem Unfall 2011 zusammen. Ja, und jetzt war er tot.
Michael nahm sein Handy aus der Tasche und wählte die Nummer, die er eben bekommen hatte. Nach zweimaligem Klingeln ging jemand ran:

„So pass auf, du verarschst uns nicht weiter, aber das hast du sicher schon gemerkt. Du hast genau zwei Tage 48 Stunden, ab jetzt. Das Geld, Übergabeort bekommst du noch auf gleichem Weg."
Michael versuchte etwas zu sagen:
„Aber ich habe doch nicht, ich weiß doch nicht und Maximilian, der Einzige, der es weiß, ist tot."
Als Antwort kam nur:
„In zwei Tagen und keine Minute länger, alles andere hättet Ihr Euch vorher überlegen sollen."
Aufgelegt! Michael schimpfte laut vor sich hin:
„Scheiße, Wichser, was jetzt..."
Er kannte niemanden, der ihm jetzt noch helfen konnte.
Es wurde langsam dunkel. Die Lichter gingen in der Stadt an, schon kurz nach 18.00 Uhr. Aber es war ja noch fast Frühling und es wurde auch kühler. Für solche Beobachtungen hatte Michael jetzt keine Zeit. Es schien nun auch schon egal. Er hatte keine Ahnung, wo Maximilian das Geld hatte. Es war ja schon ein halbes Jahr her. Er hatte sie alle ausgetrickst, getäuscht und hingehalten. Bis vor ein paar Tagen und jetzt? Keine Ahnung. Aber den Weg der zwei Millionen zu verfolgen, dazu war keine Zeit.
Da drüben war ein Bistro. Man konnte noch draußen sitzen. Also setzte er sich so hin, dass er die Straße und das Restaurant gut im Blick hatte.
Jetzt genau nachdenken. Der Ausgangspunkt der ganzen Geschichte war der Unfall vor zehn Jahren. Dann verschwanden Maximilian und er nach München, sie brauchten sehr schnell Geld. Maximilian kannte einen alten Freund, der sollte helfen und dann rutschten sie ganz schnell in den Drogenhandel und alles ging gut.

Aufbau der Legende, er- Michael verschwunden, Unfall beim Bergsteigen. Maximilian arbeitete offiziell bei BMW am Olympiastadion. Er hatte den Laden nie von innen gesehen. Alles ging gut, bis zu dem Abend vor fünf Jahren. Maximilian brachte plötzlich die Italiener an und mit ihnen das Kokain und auch das große Geld.
Ja, und jetzt saß Michael allein wieder in Berlin ganz tief im Schlamassel. Wenn einer was wusste, ein Versteck, irgendwas, dann der alte Starnberger. Maximilian abzustechen und die Autobude anzuzünden war auch die Idee der Italiner. Die hatten ja keine Ahnung. Zwei Tage, na dann mal los. Plötzlich durchfuhr es Michael, wie ein Blitz aus dem Nichts. Versteck, na klar, damals. Sie waren noch fast Kinder. Die alte Kammer und die Höhle unterhalb des Funkmastes auf dem großen Müggelberg. Da musste noch einiges sein, warum nicht auch…???
„Hallo, bitte zahlen."

19. In Karl Sanders Küche

Alle waren versammelt in der kleinen Küche, bei Pizza und Cola. Sogar Max kam mit seinem Laptop pünktlich. Britta stellte die Teller auf den Tisch, Tarek schob die Pizzen in den Ofen:

„Also, wenn wir dieses Zeugs schon essen müssen, dann wenigstens warm und hinterher einen Raki, sonst überlebt man das ja nicht. Etwas eher Bescheid sagen und ich hätte für Euch gekocht."

Es klingelte.

„Das wird Peter sein, dann sind wir komplett."

Es war Peter, aber nicht allein.

„Darf ich vorstellen, Karl, Ihr kennt Euch ja. Das ist Hauptwachtmeister Harry Lichtner vom 36. Wir beide sind die einzigen, die damals vor zehn Jahren als erste am Unfallort in der Wendenschlossstraße waren. Ich habe gehört, Max ist in alten Dateien und Protokollen fündig geworden. Mal sehen, ob wir hilfreich sein können."

Als jeder Pizza und Cola vor sich hatte, gab Karl die Richtung für ihre kleine Beratung vor:

„Harry und Peter, erzählt doch noch mal alles, was Ihr von dem Unfall mit Fahrerflucht noch wisst. Danach Tisch abräumen und Peter zeigt uns die Dokumente, die er noch im Archiv gefunden hat. Max ist da „ganz zufällig" auf Bilder aus der besagten Nacht gestoßen."

„Karl, dein Telefon!"

Beinahe wäre es überhört worden. Karl nahm das Handy und ging hinaus in den Flur. Nach kurzer Zeit kam er wieder.

„Das war die KTU. Treffer, bei den Spuren an der Leiche von Maximilian Sternberger; DNA und am Messer konnte trotz Wasser ein Fingerabdruck sichergestellt werden. Das Messer lag ja nur relativ kurz im Wasser. Morgen mehr. Nur so viel: die Spur führt nach München, sehr seltsam. Der Täter ist nicht mehr in München, die Kollegen tippen auf Berlin. Aber in der Münchner Drogenszene scheint Bewegung zu sein.
Also weiter, Max- jetzt du."
Max klappte den Laptop auf und mehrere Bilder aus einem Blitzer plopten auf.
„Ja, was soll ich sagen, das was jetzt kommt ist nicht ganz legal und schon gar nicht gerichtsfest. Aber gut. Ein ganz neues Programm zur Bearbeitung alter Fotos aus den USA. Damit kann man, egal wie alt und verschwommen, jedes Foto wiederherstellen. Dann etwas suchen im „bösen Internet", manche nennen es auch Darknet und schwupps hat man Ergebnisse. Also bitte seht selbst. Diese drei Schnappschüsse dürften reichen. Gemeinsam mit Karl und eurem klugen neuen Kollegen, wo ist er eigentlich? Haben wir das hingekriegt."
Alle drängelten sich um den Laptop und staunten nicht schlecht, was sie da sahen. Es war nicht ein Fahrer im SUV, nein es waren zwei. Maximilian Sternberger und ein zweiter. Dieser Zweite war auch der Fahrer.
Karl meldete sich zu Wort:
„Jetzt müssen wir nur rausbekommen, wer das ist."
Harry hatte sich unbemerkt auf die Küchenbank gesetzt und sagte ganz leise:
„Das ist Michael Spiegel, der Kumpel und Schulfreund von Maximilian Sternberger. Vor fünf Jahren ver-

schwunden in den Alpen, seit einem Jahr von seinen Eltern für tot erklärt."
Jetzt platzte Britta Fuchs der Kragen:
„Was habt Ihr denn damals für einen Scheiß ermittelt. Das wird Folgen haben. Sch.... !!!"
Tarek musste grinsen.
„Wie in Marokko, nur schlimmer!"
„So Leute, sachlich bleiben. Morgen früh um 09:00 Uhr sitzt der alte Sternberger im Vernehmungsraum im LKA. Ich will dabei sein. Harry, Sie auch, Gegenüberstellung. Ich glaube, das ist hier auch was für die Bundespolizei. Jetzt noch einen Raki und dann in die Betten, jeder in seins."
Dabei nahm Tarek Britta in die Arme.
In dem Moment klickte das Türschloss und Marie stand im Flur.
„Oh, Party, störe ich? Ich habe was für Euch. Den endgültigen Obduktionsbericht und von der KTU Faserspuren am Toten usw. Liegt alles beim Kriminalrat auf dem Tisch. Noch was. Die KTU hat die „Spreeland" zweimal akribisch untersucht. Das erste Mal gleich nach Feststellung der Tat und dann noch mal einen Tag später im Yachtzentrum am Heimatanleger des Schiffes. Zwei Fundstücke waren da sehr interessant. Ein Papiertaschentuch, ein Paradies für Leute, die nach DNA suchen, Fingerabdrücke und die Visitenkarte einer Nobelpizzeria in München. Der Kriminalrat hat schon den neuen Kollegen und Susi Weiß in die Spur geschickt. Sie sollten bis morgen früh Ergebnisse haben. So, und jetzt raus mit Euch, mein Hauptkommissar muss schlafen. Wo ist er eigentlich? Ach da, am Telefonieren.

In diesem Moment war Karl fertig.
„So Kollegen, etwas schneller schlafen. Das war der Kriminalrat. 08:00 Uhr Beratungsraum und danach Vernehmungen. Wir kennen den Mörder von Maximilian Sternberger. Der DNA-Beweis fehlt noch, den haben wir morgen früh. Es ist ein Fall von „Auferstehung“, aber auch der Flucht. Bis morgen – gute Nacht!“

20. Familienrat

Familie Werner kam nach den Ereignissen vom Wochenende auf der MS Spreeland und den Befragungen der Polizei in ihrem Haus im Mayschweg zusammen. Der Verdacht gegen den Vater Andreas Werner war nun wohl endgültig vom Tisch und Julia wollte den Eltern etwas Wichtiges mitteilen. Aus diesem Grund kam auch Sebastian Lange dazu. Nun saßen alle am großen Tisch im Wohnzimmer und Julia konnte sich nicht erinnern, wann sie als „Restfamilie“ so zusammengesessen hatten. Sebastian rutschte etwas auf dem Stuhl hin und her, ihm war wohl etwas unwohl beider Sache. Er wusste, dass heute wichtige Entscheidungen fallen würden.
Mutter Christine kam mit dem Kuchen herein, der Kaffee stand auch schon auf dem Tisch. Zeit für den ersten Test. Julia gab ihrem Basti ein Zeichen und als er neben ihr stand stieg sie noch sehr vorsichtig und wacklig aus dem Rollstuhl auf, ging allein zwei Schritte zum Stuhl und mit Sebastians Hilfe setzte sie sich an den Tisch.
Ihre Mutter ließ fast den Kuchen fallen, der Vater lächelte, da er ja schon etwas wusste, oder besser ahnte.
Julia begann zu erzählen:
„Ich war gestern und heute den ganzen Tag in der Neurologie und Chirologie im Allende-Krankenhaus zu Untersuchungen und obwohl noch viele Ergebnisse ausstehen: ja, ich werde wieder etwas, mehr recht als schlecht, laufen können. Das wird noch dauern, aber Geduld muss man ja jetzt haben. Eine Besserung ist aber in keinem Fall garantiert, sagen die Ärzte. Ich habe schon mit Sebastian alles durchgesprochen und wir

werden im Sommer heiraten. Paps, wenn dein Angebot noch steht, dann kannst du ja mit Basti- während ich zur Reha bin- die Garagen umbauen und im Herbst könnten wir dann einziehen. Zu ebener Erde, denn wenn ich etwas nicht mehr in meinem Leben brauchen kann, dann sind es Treppen."

Das war mal eine Ansage, mehr wollte Julia erst mal nicht loswerden. Die Eltern sahen sich lange an und Basti nahm Julias Hand, die etwas zitterte und hielt sie ganz fest.

Christine Werner standen schon wieder die Tränen in den Augen, also ergriff Vater Andreas das Wort.

„Wir haben ja alle fast zehn Jahre nur funktioniert nach diesem schrecklichen Unfall und jetzt wird es Zeit, dem Leben wieder eine Chance zu geben. Julia, du hast dich schon lange wieder ins Leben zurückgekämpft und obwohl du dir dein Leben ganz anders vorgestellt hattest, bist du für mich und die Firma die wichtigste Stütze. Jetzt ist es aber Zeit für dich, an dich zu denken. Nun zu dir Sebastian. Du hast von einer Minute auf die nächste Deine Verlobte, unsere Tochter verloren. Trotzdem hast du dich seit fast elf Jahren um Julia gekümmert und versucht, ihr wieder etwas Lebensmut zu geben. Du hast auch deine ganzen Pläne aufgegeben, bist aber sicher ein guter Techniker geworden und dass du und Julia Euch näher gekommen seid, ist auch für uns als Eltern ein Geschenk. Wir bieten Euch an, hier zu wohnen und Basti, komm in die Firma und übernimm doch nach und nach das operative Geschäft."

Jetzt war der Damm gebrochen und unter Tränen äußerte Julias Mutter einen Wunsch, den sie immer wieder in den letzten Jahren aufgeschoben hatte.

„ Lasst uns unsere wieder eine Familie werden. Fangen wir neu an. Dieser Maximilian Sternberger hat in einem einzigen Augenblick zwei Familien fast vernichtet. Seine eigene und unsere. Jetzt ist er wegen einer ganz anderen Sache tot, geben wir ihm nicht den Triumph, es doch geschafft zu haben."
Das könnte ein Neuanfang werden. Sebastian hatte noch kein Wort gesagt. Er nahm Julia in die Arme. Als er sie nach einer gefühlten halben Stunde losließ, hielt er die wohl längste Rede in seinem bisherigen Leben. Er erzählte von zwei Jahren ohne Orientierung und dem Halt, den er danach nur bei Julia fand. Dann die Lehre und die Arbeit bei seinem Freund Torsten Stamm in Wendenschloss auf den Schiffen. Dann kam Maximilian Steinberger wieder und vor drei Wochen der Brief von dem Werkstattleiter Bernd Falter und dem Schwur, den er und Julia am kleinen Müggelsee sich gaben. Es sollte am Samstag auf dem Schiff passieren, aber da war jemand anderes schneller.
Andreas Werner stand auf, ging zum Schrank und nahm ein Blatt Papier aus dem verschlossenen Teil.
„Ist es dieser Brief?"
Sebastian Lange warf einen Blick drauf und erkannte sofort die Formulierungen.
„Ja, genau der…. Aber wo, wieso, wir haben ihn doch am See verbrannt."
„Ich habe auch einen bekommen. Da wollte einer wohl diese Welt mit etwas weniger Schuld verlassen. Ja… und Sebastian, auch ich wollte Maximilian an diesem Tag auf dem Schiff töten."
Julia wischte sich die Tränen aus dem Gesicht und musste lachen.

„Wow, drei wollten den Kerl umbringen, er war wohl der zweitbeliebteste Mensch auf diesem Planeten, nach Donald Trump.“
Auch Christine, die sich immer noch das Gesicht abwischte, musste lachen. Dann sagte sie nur:
„Nehmt es als gutes Zeichen, sonst wäre auch unsere Familie kaputt und Ihr beiden für den Rest eures Lebens im Gefängnis.“
Andreas Werner ging nochmal zum Schrank.
„Dieser sau-teure Whisky war für eine Hochzeit, die nicht zu Stande kam. Nochmal verkaufen geht nicht – das bringt Unglück. Also auf unseren Neubeginn.“
Während der Vater den guten Tropfen eingoss, sagte noch Sebastian, wie nebenbei:
„Ihr denkt aber bitte daran, dass da draußen noch einer, oder mehrere rumlaufen, die keine Probleme haben, Menschen zu töten. Wir sollten aufpassen, bis die Polizei sie hat.“

21. Der dritte Tag

Man schrieb erst den dritten Tag nach den Ereignissen auf der „MS Spreeland". Im LKA herrschte Ratlosigkeit. Karl Sander, Britta Fuchs und das Team wussten zwar jetzt, wer als „Partner" von Maximilian Sternberger mit im Auto saß und dass besagter Schulfreund Michael Spiegel nicht vor fünf Jahren in den Alpen verschollen war, sondern sich putzmunter in Berlin rumtrieb und dass der alte Sternberger bis zum Hals in der ganzen Sache irgendwie mit drinsteckte. Er hatte damals vor fast elf Jahren die Ermittlungen vor die Wand fahren lassen, in der falschen Annahme, dass sein Sohn der Fahrer des Unfallwagens gewesen sei. Der alte Sternberger hatte gestern Besuch bekommen und war seit dem verschwunden. Der Versuch bei der morgendlichen Beratung Klarheit zu bekommen, scheiterte, da weder das Phantom Spiegel auftauchte und jetzt auch noch der der Alte verschwunden war. Jeder, der in Berlin eine Uniform trug, suchte nach den beiden.
Aus München kamen auch keine besseren Nachrichten. Offensichtlich befanden sich drei Mitglieder der Familie Mazzini in Berlin. Die Fingerabdrücke auf dem Messer, mit dem Maximilian Sternberger erstochen wurde, sind keinem der drei zuzuordnen. Die Münchner Drogenfahnder waren sich sicher, dass man auch bei der DNA-Spur fündig würde. Es fehlt nur die Person dazu.
Es war jetzt 09:00 Uhr, alles, was das durch einige Drogenfahnder verstärkte Team bisher wusste und

ermittelt hatte, lag auf dem Tisch. Max ergänzte alles noch auf dem Whiteboard durch etliche Fotos, an denen er eine Nacht lang gearbeitet hatte.
Schließlich stellte der Kriminalrat die entscheidende Frage:
„So, Kollegen, wir haben jetzt das wie und wer und einiges anderes herausbekommen, aber wo bitte sind oder ist der/die Verdächtigen und was sind die nächsten Schritte?"
Dieser Satz beschrieb die Ratlosigkeit und den Stand der Ermittlungen. In dem Moment ging die Tür auf und Susi Weiß kam mit dem neuen Kollegen Oberkommissar Fred Oberer herein.
„Wir wollten um 08:00 Uhr beginnen, Kollegen. Was ist daran nicht zu verstehen?"
Der Kriminalrat war sauer. Tarek sah zu Britta Fuchs rüber und konnte sich ein Grinsen nicht verkneifen. Karl Sander rückte näher an seinen Nachbarn von der Drogenfahndung heran:
„Wir haben einen tollen Chef, aber er möchte alle Fälle vom Schreibtisch und wenn möglich sofort lösen."
„Ich glaube, die beiden werden gleich eine Bombe platzen lassen."
Jetzt grinste auch Karl Sander und der Kriminalrat war kurz vorm „Explodieren".
Der Hauptkommissarin Britta Fuchs reichte es jetzt, sie übernahm die Initiative:
„So, bevor hier jeder sein eigenes Süppchen kocht, wäre etwas Disziplin angesagt. Oberkommissare Weiß und Oberer, was gib es und ist so wichtig, dass es ein Zuspätkommen rechtfertigt?"
Eisige Stille im Raum, das saß!

Fred Oberer stand auf und ging an das Board:
„Kollegin Weiß und ich haben eine Nacht lang die beiden Sternberger-Autohäuser überwacht. Wir waren nicht die einzigen. In einem japanischen SUV saßen mindestens drei Männer, die ebenfalls das Autohaus am Fürstenwalder Damm überwachten und auch in Müggelheim fiel ein kleinerer VW auf, der die ganze Nacht dort stand. Nachfrage nach den Nummernschildern ergaben, der SUV aus München, der VW in Müggelheim aus Bielefeld. Familie Mazzini, kein Zweifel. Aber wir haben noch mehr. Susi, jetzt bist du dran."
Oberkommissarin Susi Weiß sah schwer übermüdet aus, Augenringe, kaum in der Lage, sich auf den Beinen zu halten. Karl Sander stellte sich neben sie.
„Geht's Susi? Nur noch deinen Bericht, dann erst mal schlafen."
„Ja Karl, geht schon. Ich habe die halbe Nacht mit München telefoniert und eine Kollegin, mit der ich auf der Polizeiakademie war und die jetzt als Hauptkommissarin bei der Drogenfahndung München arbeitet, berichtete mir folgendes: Vor fünf Monaten, das ist der Zeitraum, in dem der junge Sternberger in München verschwand und nach Berlin ging, um die Autohäuser zu übernehmen, kam Bewegung in die Szene. Aber besonders interessant war das, was ihnen ihr Kontakt aus der Drogenszene erzählte. Es hielt sich das Gerücht, dass der junge Sternberger nicht nur seinen Partner über den Tisch gezogen hatte und an die Drogenfandung verriet, sondern auch die gesamte Firmenkasse mitgehen ließ. Wir reden über zwei Millionen in bar. Außerdem fehlen den Italienern mehr als zehn Kilo reines Kokain. Kilopreis derzeit in Europa 30 000 – 45 000 Euro,

rechnet mal schön selbst, aber irgendwo hat der Maximilian Sternberger Geld in bar und Kokain für über drei Millionen Euro versteckt. Das wäre einfach zu finden, wenn die Italiener ihn nicht erstochen hätten, jetzt wird es schwierig und uns kann nur noch der eigentlich tote Michael Spiegel hinführen."

Jetzt kam Susi Weiß an die Reihe, aber die Stimme versagt ihr. Der Kriminalrat verfügte für die beiden Bettruhe.

„Alle anderen - Einsatz. Frau Fuchs, Sie teilen die Kräfte ein. Greifen Sie auf den KDD und die Drogenfahndung zurück. Keine Festnahmen, wir müssen die Spur des Geldes und die Drogen finden. Wenn die Clan-Mitglieder den Michael Spiegel finden, auch gut. Hängt Euch an deren Fersen, aber vorsichtig. Seit den Ereignissen auf der „Spreeland" wissen wir, die töten erst und denken dann nach.

Zu der Zeit, da im LKA der Einsatz geplant und organisiert wurde, stieg in den Bus 169 am S-Bahnhof Köpenick ein blonder junger Mann, sehr darauf bedacht, nicht gesehen zu werden. Trotz der frühsommerlichen Wärme hatte er die Kapuze des Hudy tief ins Gesicht gezogen. Als der Bus losfuhr und am Center Köpenick vorbei kam, fuhr aus der Ausfahrt des kleinen Parkplatzes ein SUV heraus und folgte dem Bus.

22. Kriminalrat Winter

Die Hauptkommissarin Fuchs war mit der Einteilung der Kräfte fast fertig und alle bezogen die ihnen zugedachten Posten. Karl Sander blieb noch sitzen und sah sich das ganze etwas kopflose Treiben kopfschüttelnd an. Der Kriminalrat stand unbemerkt hinter ihm.

„Was ist, Karl? Irgendetwas beschäftigt dich doch. Britta macht das ganz ordentlich. Irgendwie müssen wir doch vorankommen, oder hast du eine andere Idee?"

Karl Sander stand auf und ging mit dem Kriminalrat hinaus.

„Meine letzten Tage hatte ich mir etwas anders vorgestellt. Aber gut, unser Job ist bis zur letzten Minute kein Wunschkonzert. Aber Frank, ich hätte da eine Bitte. Ich laufe ja doch schon etwas außerhalb der offiziellen Spur, die Chefin ist Britta, so soll es auch sein. Ich werde mich nicht einmischen."

Frank Winter sah seinen Freund und ersten Hauptkommissar etwas fragend von der Seite an.

„Was ist los Karl, du hast doch was vor, eine Idee? Raus damit, sonst stirbst du noch an Herzdrücken und das wollen wir doch nicht, oder?"

Karl Sander musste lächeln. Sie arbeiteten jetzt schon so lange zusammen, da blieb nichts verborgen. Der Eine konnte im Anderen lesen, wie in einem offenen Buch.

„Frank, was hältst du von unserem neuen Oberkommissar aus Hamburg. Ich glaube er ist ein guter Mann, kann auch querdenken, wenn es sein muss. Allein darf ich ja nicht losziehen, aber mit ihm könnte ich eine Spur verfolgen, die noch keiner im Visier hatte."

Sie waren im Büro des Kriminalrates angekommen. Frank Winter bat Renate Klein, einen extra starken Kaffee zu brühen.
„Ach ja, der neue Kommissar Fred Oberer soll auch zu mir kommen und Britta Fuchs auch, wenn sie mit der Einteilung der Kräfte fertig ist.“
Karl Sander sagte nichts, er hatte ihn wieder mal verstanden. Der Kriminalrat nahm die Akte des Falls Sternberger vom Tisch und reicht sie Karl Sander.
„Lass uns nochmal alles durchgehen, irgendetwas stimmt hier doch nicht. Alles zu einfach. Vor elf Jahren der Unfall mit Fahrerflucht, das Verschwinden des Maximilian Sternbergers nach München, obwohl er gar nicht der Fahrer war, wen wollte er schützen und warum? Seinen Kumpel, das damalige Bürschlein. Kaum, das glaube ich nicht. Die BMW-Legende vom Job beim Mega-Konzern, das Geld, die Drogen? Bürschlein stürzt beim Wandern in den Bergen ab? Jetzt wissen wir, der ist nicht gewandert und auch nicht abgestürzt. Alles Theater, auch die Flucht? Warum kam es zu dem Unfall vor elf Jahren? Kein Auto auf der Straße, man konnte sehr weit die Straße einsehen und auch aus dem Auto müssen doch Fußgänger aufgefallen sein. Also, Karl, Fragen über Fragen. Und findet mir den Ermittler von damals. Den will ich hier sitzen haben, am besten gestern schon.“
Karl Sander lehnte sich zurück und genoss den Kaffee von Renate Klein. Den würde er in ein paar Wochen vermissen. Aber Marie kochte auch einen sehr guten Kaffee und auf dem Balkon war es schon schöner, als im Büro seines Chefs. Er hätte ja noch für ein paar Jah-

re in diesem Büro sitzen können, das wollte er aber nicht, es war genug.
„ Wo bitte ist der alte Sternberger, wer ist der alte Sternberger eigentlich überhaupt?“
Karl Sander vollendete die Gedanken seines Chefs genau in die richtige Richtung.
„Frank- der Mann ist fast achtzig, ein Patriarch, ein Diktator. In dem Alter verschwindet man nicht einfach, wohin? Ach ja, Max brauche ich auch noch. Ist eigentlich der Tod der Frau von Walter Steinberger untersucht worden, alles sehr seltsam. Ich werde Marie bitten, sich das mal anzuschauen.“
In dem Moment klopfte es und Fred Oberer kam herein. Er bekam einen Kaffee und der Kriminalrat erklärte ihm alles, worum es ging. Er schloss mit den Worten:
„Denkt beide bitte dran, wir haben keine Zeit.“
Als sie aus dem Büro kamen, stand Max am Fenster, als wenn er gewartet hätte.
„Also, wenn Ihr Pizza und Cola habt, dann lade ich Euch in mein `Cokpit` ein. Ich hätte da einiges über einen stadtbekannten Schrauberchef. Soll verschwunden sein. Vielleicht weiß der beste aller Hacker auch wohin.“
Jetzt mussten alle laut lachen, so dass etliche Kollegen sich erschrocken nach dem Trio umsahen.
Wenig später saßen zwei Kommissare des LKA und ein nicht ganz legal arbeitender freier Computerspezialist bei Max vor den Bildschirmen.

23. Am großen Müggelberg

Der Busfahrer sah sich seine Fahrgäste im 169er Bus etwas genauer an. Seit Köpenick fuhr hinter seinem Bus ein VAN mit Münchner Kennzeichen her. Mal ließ er sich zurückfallen, dann wieder direkt hinter dem Bus. Der Fahrer teilte seine Beobachtungen der Zentrale mit. In der Zwischenzeit war der Bus fast in Müggelheim angekommen. Es war wochentags, keine Ferien und vom Wetter her gab es auch keinen Grund, ins Grüne zu fahren. Die letzten Fahrgäste stiegen am Krankenhaus aus. Aber der junge Mann mit dem „Kapuzending", schon etwas seltsam und außerdem verhielt er sich nervös. Jetzt war hinter dem SUV ein weiteres Auto, das der Busfahrer sehr wohl kannte. Es war die Polizei, Zivilstreife aus Köpenick. Nach dreißig Jahren Bus und meistens hier in Köpenick oder Mahlsdorf kannte er fast alle Streifenwagen und auch deren Besatzung. Kurz vor der Haltstelle Ludwigshöhe überholte die Zivilstreife den Bus und gab dem Fahrer Signal zu stoppen. Dann ging alles sehr schnell, der SUV stoppte, ein Kleintransporter hinter ihm konnte nicht mehr stoppen und knallte auf den SUV, der durch die Wucht auf den Bus gedrückt wurde. Die drei Insassen des SUV sprangen heraus und versuchten im Wald zu verschwinden. Zweien gelang es auch, der dritte übersah einen Poller am Siedlungsweg Ludwigshöhe und flog in hohem Bogen ins Gebüsch. Zwei Polizisten stellten ihn, keine Chance, aber die anderen waren weg. In dem Durcheinander gelang es Michael Spiegel, auch im Wald zu verschwinden. Da er als Einziger genau wuss-

te, wo er hin wollte, hatte ihn der Wald am Rand der Müggelberge sofort verschluckt.
Die beiden Kommissare Weiß und Schneider waren so schnell sie konnten vor Ort in Müggelheim.
„Wir übernehmen unseren ausländischen Freund, Kollegen. Auf den warten schon einige Kollegen sehnsüchtig in der Kaithstraße."
„Der hat noch kein Wort gesagt und so wird es ja wohl auch bleiben."
Susi Weiß grinste die Kollegen aus Köpenick an:
„Na mal sehen, das kriegen wir hin. Wo ist aber der Rest? Zwei Typen aus dem SUV fehlen noch. Der SUV geht in die KTU, kümmert Euch bitte darum."
Susi Weiß verschwand zum Busfahrer, während sich ihr Kollege um den Abtransport des SUV kümmerte.
„Was machen wir jetzt? Sollen wir eine große Suche starten?
Peter Schneider überlegte kurz.
„Nein, ich mache mit meiner Kollegin einen Ausflug in die Müggelberge, kenne mich ja hier aus. Könnt ihr bitte den freundlichen jungen Mann in die Kaithstraße überführen. Sorgt bitte dafür, dass der Ball flach gehalten wird. Wir wollen keinen Staub aufwirbeln."
In dem Moment kam Susi Weiß dazu
„Das war eben ein interessantes Gespräch. Ich glaube, unser Phantom, das Bürschlein war im Bus und ist jetzt auch im Wald verschwunden. Wir müssen da hinterher. Aber wo will der nur hin? Wenn er merkt, dass er verfolgt wird, haben wir ganz schlechte Karten."
Peter grinste spitzbübisch und bemerkte nur
„Hast du Sportschuhe an? Die brauchst du jetzt, es geht in die Berge. Alles andere überlasse bitte mir. Ich bin so

ein Idiot, jetzt wird mir einiges klarer. Also los. Die Einzelheiten erkläre ich dir unterwegs."
Ein kurzes Telefonat mit Britta Fuchs und schon ging es los.
„Susi, ich glaube wir lagen bis jetzt ganz schön falsch, denke mal nach, haben die Drogendelikte seit 2010/11 in und um Köpenick zugenommen? Es gab keine Spuren, keine Dealer wurden gefunden? Vom Winde, oder besser später vom Koksschnee verweht. Welcher Idiot fährt mit über 150 km/h die Wendenschlossstraße runter? Wer ist gefahren? Es ging nicht um die Insassen damals im Mai 2011. Es ging um die Ladung. War der SUV, den angeblich Maximilian Sternberger gefahren haben soll, allein oder wurde er verfolgt? Hat ja in dem Chaos keiner drauf geachtet. Wenn wir zurück sind müssen wir unbedingt noch mal mit Julia Werner und Sebastian Lange sprechen. Wenn es sein muss, klappere ich noch mal alle Häuser an der Wendenschlossstraße ab."
Seine Kollegin schüttelte nur den Kopf.
„Nach zehn Jahren? Was soll das bitte bringen?"
„Hallo, Frau Kollegin, damals in der Polizeiakademie geschlafen? Bei den meisten kommen die Bilder von damals wieder, ein Schockerlebnis. Aber die Bilder verändern sich, irgendjemand muss noch etwas gesehen haben."
Susi blieb stehen und sah ihren Kollegen lange an.
„Streber !"
Das, was sie noch sagen wollte, blieb ihr im Hals stecken. Ein Knall und kurz darauf noch einer, trocken.

„Das waren zwei Schüsse. Sch….! Los komm, das kam von dort, vom alten Hohlweg, an der Rodelbahn, direkt an der Südflanke des großen Müggelberges“
So gut es ging rannten die beiden Kommissare los.
Alles schien wieder leise, man hörte nur das Rauschen der Blätter. Rennen mit der Pistole im Anschlag querfeldein über Stock und Stein und bergauf. Na wenigstens hatte der Regen aufgehört und es wurde etwas heller.
„Peter, da vorne die kleine Lichtung. Ich glaube, die Schüsse kamen von dort. Vorsicht! Der Schütze könnte noch irgendwo dort sein.“
Nur noch wenige Schritte und sie standen an der Lichtung, auf halber Höhe des Berges. Peter Schneider war ein paar Schritte voraus und blieb plötzlich abrupt stehen.
„Hier wurde geschossen. Ich habe einen Toten.“
Von der anderen Seite kam Susi Weiß.
„Ja, und ich den zweiten hier. Sehen aus, wie die beiden, die noch im SUV saßen, südländische Typen. Wenn ich nicht sicher wäre, dass es nur zwei Schüsse waren, es müsste doch noch eine dritte Leiche geben: Bürschlein?“
Susi Weiß hatte schon das Handy in der Hand und gab dem Kriminalrat einen kurzen Bericht.
„So, Peter, die schicken uns die KTU und Gerichtsmedizin raus. Du müsstest sie bitte unten am Müggelheimer Damm empfangen und hierher bringen. Ich warte hier und passe auf. Aber beeilt Euch, wer weiß denn, wer sich hier noch alles rumtreibt und außerdem ist es in zwei Stunden dunkel.“

„Pass auf dich auf Susi und lass das Handy an. Ich komme mit der Truppe den Weg zur alten Radarstation rauf. Die ganze Sache wird immer seltsamer.“

24. Max

„Also langweilig wird es bei Euch nicht."
Fred Oberer sagte es wie nebenbei, als sie die ausgetretenen Treppen zur Wohnung von Max emporstiegen.
„Also die Treppen sind eine Zumutung."
Karl Sander hasste dieses Quietschen, jedes Mal wenn sie hier hochkamen.
„Gar nicht schlecht. Kann keiner unangemeldet zu mir kommen. Wisst Ihr eigentlich, dass jeder Mensch ein anderes Gangmuster hat? Wenn die Nachbarin kommt, höre ich es sofort, Euch erkenne ich auch alle. Nur an Freddys Gangart muss ich mich noch gewöhnen."
Jetzt waren sie endlich oben angekommen.
„Das ist dein Handy Karl. Der Chef, klingt nicht gut?"
Während Max aufschloss, ging Karl ans Telefon.
„Hast du die Bildschirme angelassen Max?"
Fred Oberer war beeindruckt vom ersten Eindruck, den das Cockpit von Max auf ihn machte.
„Nein Freddy, wenn ich aufschließe springt meine Technik an, alles gut durchdacht. Sollte jemand auf die Idee kommen einzubrechen, Nachschlüssel, Stemmeisen oder ähnliches, geht sofort ein Signal an die Polizei und auf mein Handy."
Fred staunte und war beeindruckt. In der Zwischenzeit war Karl fertig mit telefonieren.
„So, jetzt haben wir den Salat. Das war Britta. Zwei Tote am großen Müggelberg. Susi und Peter sind vor Ort, die Kavallerie ist auf dem Weg. Wir sollen hier bleiben und unsere Spur weiter verfolgen. Der dritte Mann, Pseudonym `Bürschlein`, ist verschwunden."

Max saß schon am Computer und etliche Dateien öffneten sich wie von Geisterhand.
„Schneidet mal die Pizza auf und etwas Cola wäre schön. Kaffee ist in der Küche, die Maschine auch.
Also los, wird ein langer Abend. Mein Kumpel von der Droge hat mir einiges geschickt. Wenn Ihr das lest, ist es besser Ihr habt etwas gegessen. Also los!“
Als jeder der Drei eine Pizza verdrückt hatte und zwei große Kaffeekannen leer waren, machte sie es sich vor dem Computer bequem.
„So Leute, wenn das stimmt, was wir, d.h. mein Kumpel von der Droge und ich rausbekommen haben, dann haben wir aber die `Goldene Nase` für ausgezeichnete Ermittlungstätigkeit verdient.“
Max lehnte sich zurück und begann die verschiedenen Programme und Dateien aufzurufen und zu erzählen.
Die beiden Kommissare staunten nur noch, was Max und sein Kollege zusammengetragen hatten. Nach fast zwei Stunden, Max war fast heiser, ergab sich ein völlig neues Bild vom Unfall 2011 in Wendenschloss. Die wichtigsten Ergebnisse und Erkenntnisse lagen als ausgedruckte Papiere auf dem Fußboden rum. Als Fred sie begann einzusammeln und zu sortieren, holte Karl für sich und Fred aus der Küche zwei Flaschen Bier, für Max eine große Cola und begann die neuen Erkenntnisse zusammenzufassen.
2016 gelang es Europol Millionen von Nachrichten eines Anbieters für Smartphones mit Verschlüsselungstechnik zu beschlagnahmen. Sie wurden vor allem in Italien, Holland und Schweden fündig. Wer diese Telefone benutzte, glaubte, ohne Sorge vor Überwachung Nachrichten verschicken zu können. Plötzlich hatten

die Ermittler nachträglich komplette Mitschnitte aus der Kommunikation der kriminellen Szene vor sich. Da man sich aber damals auf Mordkomplotte konzentrierte und terroristische Aktivitäten im Focus hatte, blieben Aktivitäten der Drogenmaffia, vor allem in Deutschland unter dem Schirm. Die Nachrichten bleiben interpretationsbedürftig. In den Daten von 2015 tauchen Nachrichten auf, die uns nach Berlin – Köpenick führen. Es geht um Transporte, Wege und Lagermöglichkeiten und hauptsächlich um Kokain.

„Habe ich das soweit richtig verstanden?“

Karl hatte alles richtig verstanden und getroffen. Jetzt kam Max wieder zum Zug.

„Diese Nachrichten des Anbieters für Smartphones beginnen, hier seht Ihr es, 2010 und enden im Mai 2011. Anfang 2012 geht es wieder los in Bayern. Für uns uninteressant. Damit sollen sich die Kollegen von der Droge beschäftigen. 2012, da arbeitete doch unser Maximilian angeblich bereits bei BMW. Ab 2016 gibt es nichts mehr, da hat das BKA den Telefonladen hochgenommen, leider.“

Fred, der bis jetzt geschwiegen hatte, meldete sich zu Wort.

„Also der Unfall 2011 in neuem Licht, der Mord auf der „Spreeland“ auch. Da wollte sich der feine Maximilian Sternberger mit dem Drogengeld aus den Münchner Geschäften ohne seinen Partner absetzen.“

Karl ergänzte:

„Nicht zu vergessen: er unterschätzte die Italienmafia gründlich. Wo ist das Kokain, weswegen die Italiener sich hier in Berlin rumtreiben? Ja, und jetzt haben wir weitere Tote in den Müggelbergen. Es würde mich

nicht wundern, wenn da irgendwas ist. Haben die da Geld und-oder Drogen gebunkert? Die weitere Vorgehensweise, Befragungen das wieder Aufrollen des Unfalls von 2011. Wer steckt da noch mit drin, oder weiß etwas.
Wir schicken morgen die KTU nochmal in beide Autohäuser und wir müssen den alten Sternberger und unser Bürschlein finden. Was war im Mai 2011 wirklich los? Max, sehr gute Arbeit.“

25. Spurensuche

Bevor die große Spurensuche und die Neubewertung aller Ereignisse von 2011 und jetzt aktuell des Mordes auf der „Spreeland“ begann, saßen Kriminalrat Winter, die beiden Hauptkommissare Britta Fuchs und Karl Sander im Büro des Kriminalrates zusammen.
„Sag mal Frank, wer soll sich denn noch an einen Unfall von vor zehn Jahren erinnern? Es war in der Nacht, kein Mensch auf der Straße, alles ist aufgenommen worden und dokumentiert. Ich sehe da keine Chance irgendetwas Neues zu erfahren.“
Karl Sander schüttelte den Kopf und zweifelte offensichtlich an den Plänen seines Chefs. Britta Fuchs goss sich noch eine Tasse Kaffee ein.
„Ich habe mich an einen Fall erinnert, der sich in den 1980er Jahren in den USA ereignete. Auch nach über zehn Jahren fanden die Ermittler Beweise und auch Zeugen am Mord einer Familie. Auch damals hatten sie nochmal alles auf den Kopf gestellt, die alten Ermittlungen verworfen und sich alles unter neuen Gesichtspunkten angesehen. Sie waren damit erfolgreich, der Fall wurde gelöst.“
Noch eine Weile diskutierten die drei hin und her, um schließlich zu dem Schluss zu kommen, es noch einmal zu versuchen.
Mit viel Aufwand wurde ein Befragungsmarathon in Wendenschloss organisiert. Zwei Tage sollten dafür anberaumt werden, um die Kosten im Rahmen zu halten. Die Koordination in Köpenick übernahm Kommissar Peter Schneider, alle anderen des Sander-Teams kümmerten sich um den Fall der beiden toten Italiener

am großen Müggelberg. Hier lagen die Ergebnisse der Gerichtsmedizin und auch der KTU vor. Beide, mit einem Schuss in den Rücken. Professor Weinert und Marie Dregger fanden die Patronen im Körper der beiden. 9mm, abgefeuert zu über 90 Prozent Wahrscheinlichkeit aus einer Walter PPK, älteres Modell. Das belegen Rostspuren an den Wunden der Opfer. Offensichtlich Munition, die nach 1945 so nicht mehr Verwendung fand.
Der Dritte, den man nach dem Stopp in Müggelheim festnehmen konnte, schwieg beharrlich.
Karl Sander griff zum Telefon.
„Susi, fahr mal bitte sofort zu den beiden Autohäusern Sternberger. Frage doch dort mal alle, die du finden kannst, ob der alte Sternberger eine Waffe besaß, eine alte Wehrmachtspistole oder ähnliches. Nimm dir einen Kollegen der KTU mit und durchsucht Wohnung und Werkstätten nach irgendeinem Requisit, dass auf eine Waffe schließt. Wenn Ihr was findet, informiert die Suchtrupps in den Müggelbergen. Es fehlt noch, dass der Alte mit einer Waffe unterwegs ist."
Karl Sander blätterte weiter in den Akten, während Britta Fuchs die weiteren nötigen Anweisungen für die Suche und Befragungen per Telefon gab.
„Karl, hat eigentlich die Überwachung des Hauses der Familie Spiegel was ergeben? Wir sind uns doch alle sicher, dass er vor zehn Jahren der Fahrer war und in den Bergen abgestürzt ist er auch nicht. Meint Ihr nicht, dass er, wenn er hier in Berlin ist und an Drogen und Geld will, irgendwann bei seinen Eltern auftaucht?"
Britta Fuchs legte das Telefon weg und sah auf.

„Es ist Zeit mit ihnen zu sprechen, sie mit der Wahrheit zu konfrontieren. Zwei Familien sind durch die beiden Ganoven zerstört worden, von den Toten ganz zu schweigen. Die Zeit der Rücksichtnahme sollte vorbei sein. Wir sollten sie einbestellen, nicht bei ihnen zu Hause- auf neutralem Boden ist es besser. Wir bekommen dann alle Reaktionen direkt mit.“
Der Kriminalrat rief nach seiner Sekretärin und veranlasste die Vorladung. „Das übernehme ich, Ihr habt alle genug zu tun. Habe ja so etwas noch nicht verlernt. So Leute, an die Arbeit, gebt Gas. Die Zeit läuft uns weg.“
Wieder meldete sich das Handy von Karl Sander.
„Max, wo brennt es denn?“ „Karl, ich schicke dir mal was auf deinen Computer. Unser Walter Sternberger ist kein unbeschriebenes Blatt. Der hat eine Vergangenheit, die ihm heute nicht zur Ehre gereicht. Er war bei einer Spezialeinheit der Volkspolizei und hat es bis ins Innenministerium geschafft. Aber das bekommst du alles auf Deinen Rechner Wieso hat das bis jetzt noch keiner gemerkt? Also mit Waffen kann der umgehen und auch sonst war er damals ganz schön fit. Auch mit über siebzig hat der nix verlernt.“
Karl Sander musste sich erst einmal setzen. Er gab die Infos sofort an seine beiden Kollegen weiter. Britta Fuchs griff gleich zum Smartphone.
„Ich sage sofort den Kollegen in den Bergen Bescheid. Wenn der da irgendwo ist, bewaffnet, das ist Kreuz gefährlich. Der ist hinter einem her und wir wissen auch hinter wem. Zu verlieren hat der nichts mehr. Um was geht es eigentlich wirklich?“
In der Zwischenzeit begannen die Befragungen in Köpenick.

26. Am großen Müggelberg

Das ging gerade nochmal gut. Michael Spiegel saß über eine Stunde in einer kleinen Nische im Fundament der alten Radarstation. Eigentlich wollte er in Richtung Rodelbahn laufen, aber die beiden Verfolger waren ihm ganz dicht auf den Fersen. Dann die beiden Schüsse. Es klang eher wie ein Klatschen und niemand verfolgte ihn mehr. Er sah sich nur noch schnell um, denn die beiden Bullen waren auch nicht weit weg und mussten die Schüsse gehört haben. Nichts war zu hören, kein Rascheln, keine Bewegungen im Unterholz. Da war jemand unterwegs, der sich gut auskannte. Also besser verstecken. Ihn gab es ja eigentlich gar nicht. Nach dem „Unfall“ in den Alpen war und blieb er verschwunden. Keine Ahnung, ob ihn seine Eltern für tot erklärt hatten. Die Zeit passte langsam schon. Seinem Vater war es sicher egal, aber die Mutter würde an jedem kleinen Funken Hoffnung festhalten. Sie tat ihm auch Leid, blieb sie ja jetzt allein mit dem Tyrannen. Aber darum wollte er sich später kümmern. Was war eigentlich passiert? Vor über fünf Monaten eröffnete ihm Maximilian, dass er zurück nach Berlin müsse. Daraufhin machten sie beide einen Plan, der aus zwei Teilen bestand. Die Geschäfte in Berlin weiterführen, dazu die Autohäuser nutzen, Verbindungen und Kontakte waren noch aus der Münchner Zeit genug vorhanden. Teil zwei bestand darin, zu verschwinden und sich aus der Abhängigkeit der Italiener zu befreien. Aber davon, die letzte Lieferung Koks und das Geld zu unterschlagen und dann abzuhauen, nein - das war nicht der Plan. Jetzt hatten sie die Cosa Nostra auf dem Hals und mit denen war nicht zu spaßen. Maximilian hielt ihn immer wieder mit neuen Argumenten hin, bis er es begriff. Er sollte als Köder dem Italo-Clan zum Fraß vorgeworfen werden, während sich Maximilian mit Kokain und zwei Millionen Euro absetzte. Als Michael es bemerkte, war es fast zu spät.

Sicher- er, Michael, verdankte Maximilian viel. Keiner wusste, dass er das erste Auto mit der Drogenlieferung gefahren hatte. Es war damals ihr erstes großes Ding, als Kuriere für die Araber. Die beiden Mädchen waren plötzlich da, wie aus dem Nichts. Danach blieb ihnen nur noch die Flucht, Umladen der Drogen ins zweite Auto, das ihnen gefolgt war und grade noch über die Grüne Trift abhauen konnte. Schon damals, als Maximilian den Retter spielte, ließ er ihn in Wirklichkeit ins Messer laufen und baute ihn über die Jahre als Bauernopfer auf.

„So, mein Freund, nachdem du nun in mein Messer gefallen bist auf dem Kahn und ich damit die Geschäftsübergabe verhinderte. Keiner hatte mich dort auf dem Schirm. War ganz schön kalt, sich einen halben Tag unter dem Schiff halb im Wasser zu verstecken."

Er sprach es mehr zu sich selbst und lauschte immer noch in den Wald hinein, ob er etwas hörte. Jetzt brauchte er nur noch die Drogen zu finden, dem Pistolenschützen aus dem Weg zu gehen, vielleicht auch noch das Geld zu finden, obwohl dazu hatte er wohl keine Zeit mehr. Dann nichts wie weg.

Langsam wurde es kälter, es war ja noch Frühsommer und jetzt hörte er etwas, die Bullen rückten an. Aber die waren wohl mit den beiden Toten beschäftigt und wür-

den erst morgen damit beginnen den Wald zu durchkämmen. Jetzt musste er hier aus der Deckung raus und ihr altes Versteck aus Kindertagen finden. Er wollte zur alten Rodelbahn. Dort in der Nähe sollte es mal einen Hohlweg quer durch die Müggelberge gegeben haben. Da war ihre Abenteuerhöhle, neben ein paar Trümmerresten der alten Bismarckwarte. Da musste es sein.
Vorsichtig und jede natürliche Deckung ausnutzend kroch er mehr, als dass er lief voran. Immer noch zermarterte er sich den Kopf wegen des Schützen. Der alte Sternberger? Kaum, dem hatte er ja vor zwei Tagen einen Besuch abgestattet. Ein klappriger Greis, der dachte den Leibhaftigen vor sich zu haben, als er sich ihm zu erkennen gab. Aber er hatte ihn auch erkannt. Also er musste vorsichtig sein, sicher war es hier in Köpenick nicht.
Dort begann die alte Rodelbahn und obwohl es schon über zwanzig Jahre zurück lag, als er das letzte Mal hier stand, er erkannte alles wieder. Auch ihre alte Höhle fand er sofort. Die Enttäuschung war groß, nichts darin. Am liebsten hätte er laut losgeschrien. Das letzte, was er sah, waren frische Fußspuren und Reste von Plastikverpackungen. Dann plötzlich tauchte ein fremder Schatten auf. In der Brust wurde es ihm warm und feucht. Es war wieder dieses Klatschen oder war es ein Knallen? Er konnte noch einmal nach oben sehen, bevor es für ihn für immer dunkel wurde.
„Was, also doch.... !“
Für Michael Spiegel wurde es kalt und dunkel, es gab keinen Weg zurück. Ohne sich umzusehen verließ der

Schütze die kleine Grube, die mal eine Abenteuerhöhle zweier Jungs gewesen war.

27. Abschied, Pläne und Befragungen

Julia und Sebastian saßen beide auf der Bettkante in Julias kleinem Zimmer oben im Elternhaus im Mayschweg. Sie waren noch mal die Baupläne für den Anbau durchgegangen. Das würde ihr zu Hause werden. Julias Eltern waren sehr froh, dass beide hier in Köpenick bleiben würden. Der Rest der Familie Werner kam so wieder zusammen und würde es auch bleiben. Julias Mutter schien seit Jahren wieder so etwas wie normal und lächelte sogar ab und zu. Der Vater nahm sich viel Zeit, um mit Sebastian die weitere Entwicklung der Catering-Firma zu planen und alles zu besprechen. Er wollte seinen künftigen Schwiegersohn zum Teilhaber aufbauen und sich nach und nach aus dem operativen Geschäft zurückziehen.

Aber jetzt ging es erst einmal darum, die weitere Genesung Julias voranzubringen. Sebastian würde sie morgen nochmals zur Reha bringen. Eventuell müsste sie auch wieder operiert werden, obwohl sie schon sehr gute Fortschritte machte. Sie brauchte den Rollstuhl kaum noch. Stehen allein ging schon und laufen an zwei Gehhilfen auch. Die Ärzte meinten, es wieder halbwegs hinzubekommen. Sie müsse aber Geduld haben und die zweite Reha jetzt würde wohl etwas länger dauern. Aber beide hatten genau geplant, wie sie die Zeit nutzen würden. Julia würde die Entwicklungspläne der Firma überarbeiten und Sebastian war voll in Um- und Anbau des elterlichen Hauses eingebunden. Jedes Wochenende wollte er den nicht grade kurzen Weg nach Unterfranken auf sich nehmen, um seiner Julia nah zu sein.

„Sag mal Basti, was haben denn die Befragungen im LKA gestern ergeben? War das eigentlich nötig, nach zehn Jahren?“
Sebastian legte den Arm um Julias Schulter und beide kuschelten sich aufs Bett. Dann erzählte er ihr, dass es doch sehr wichtig und auch teilweise erfolgreich sei, ihn und die ganzen Geburtstagsgäste von damals zu befragen. Der entscheidende Hinweis kam allerdings vom Tankwart, der 2011 Dienst an der Tankstelle in der Wendenschlossstraße hatte. Die Befragung wurde von einer Polizeipsychologin begleitet, die auch die beiden entscheidenden Dinge durch ihr Nachfragen herausbekam. Was wir alle schon immer vermuteten, im Wagen saßen zwei Fahrer, unklar wer wirklich gefahren war und es kam noch ein zweites Autos. Da kam der Tankwart ins Spiel, der einen SUV wenden sah, der dann über die Pritstabelstraße verschwand.
„Der Hauptkommissar, Sander hieß der, war übrigens schon mal hier bei uns. Er rastete richtig aus, als er erfuhr, dass sich damals niemand für ein zweites Auto interessierte.“
Julia schüttelte nur den Kopf. Eine Weile waren beide still. Basti strich seiner Julia zärtlich über den Kopf. Dann sagte er noch:
„Das Schlimmste bei der ganzen Sache: es waren nicht einfach jugendliche Raser. So richtig rückten die beiden Hauptkommissare nicht mit der Sprache raus, aber es ging um mehr. Das schienen Verbrecher, Drogenkuriere oder so was zu sein. Beim Tod dieses Maximilian Sternberger auf der „Spreeland“ ging es nicht nur um Rache, das hängt alles irgendwie zusammen. Der alte Sternberger soll übrigens verschwunden sein. Nico,

unser zweiter Koch hat gestern vor Müggelheim, am Weg zur alten Radarstation ungewöhnlich viel Polizei gesehen. Die suchen was oder wen."
Julia versuchte aufzustehen und ging ohne Stöcke zum Fenster. Kam es ihr nur so vor, oder war es heute besonders dunkel.
„Basti, weißt du was? Ich glaube der Teufel ist aus dem See gekommen. Er holt sie sich alle. Spät, aber nicht zu spät."
„Jetzt ist es aber genug, Julia, los ab ins Bett. Morgen früh müssen wir los. Ganz schön weiter Weg bis nach Franken."
Das Gewitter hatte sich schon den ganzen Tag angekündigt, schwül warm, zu warm für den Frühsommer. Jetzt krachte es los. Blitz und Donner, als wenn es kein Morgen mehr gäbe.
Julia grinste spitzbübisch
„Siehste, also doch !"

28. Kein Ausweg

Die Polizeipräsidentin von Berlin hatte, nachdem ihr der Bericht über die Ereignisse in Köpenick und in den Müggelbergen vorlag, Kriminalrat Winter und die beiden Hauptkommissare Fuchs und Sander einbestellt. Es wurde wohl sehr laut. Als die drei Beamten das Büro ihrer obersten Chefin am Platz der Luftbrücke verließen, sagte erst einmal niemand ein Wort.
Es waren harte Worte gefallen, obwohl die Anwesenden die Letzten waren, die an den jetzt offen zu Tage tretenden Schlampereien Schuld trugen. Die oberste Chefin der Berliner Polizei hielt nicht hinter dem Berg. Als sie fertig war, kam der Befehl:
„Was da 2011 schief gelaufen ist, wird später aufgearbeitet, jetzt geht es um Schadensbegrenzung und die Verhinderung eines möglichen Drogenkrieges im beschaulichen Köpenick. Herr Winter, setzen Sie alles ein, um den zweiten Fahrer, oder wen auch immer zu finden. Außerdem lassen wir uns doch nicht von einem Opa an der Nase herumführen. Wer ist eigentlich dieser Sternberger? Drehen Sie in den Müggelbergen jeden Stein um. Übrigens, die Übergabe der 1.MUK des LKA erfolgt erst, wenn der Fall abgeschlossen ist. Es ist ihr letzter Fall, Hauptkommissar Sander. Nehmen Sie keine Rücksicht auf irgendjemanden. In zwei Tagen bekomme ich den Abschlussbericht.“
Damit waren sie entlassen und mussten jetzt handeln.
Kriminalrat Winter analysierte kurz die Situation:
„Die beiden Italiener wurden gefunden, erschossen. Walter PPK, altes Modell, also der Alte. Der dritte

Italiener schweigt. Michael Spiegel, der zweite Fahrer, oder aber der Fahrer vom 17.5.2011, ist verschwunden. Letztmalig wurde er beim Stopp des Busses vor Müggelheim gesehen. Aber das Wichtigste: der alte Sternberger. Denkt dran wir und nur wir wissen, mit wem wir es da zu tun haben. Ein alter Polizist Spezialeinheit der VP der DDR. Der hat nichts verlernt. Von wegen Opa. Ich schmeiße Euch jetzt raus und fahre nach Friedrichsfelde zur Bereitschaft 13. Karl, wir brauchen mindestens zwei Kollegen der Hundestaffel. Das betreffende Gebiet absperren, jetzt sofort. Morgen früh 05.00 Uhr alle in Müggelheim. Los jetzt, keine weiteren Fehler! Vorsicht- Opa ist bewaffnet!"

Punkt 05.00 Uhr in den Müggelbergen bewegte sich eine Hundertschaft der Bereitschaftspolizei von zwei Seiten unterhalb des großen Müggelberges aufeinander zu.

Es dauerte nicht lang und die Hunde fanden die Höhle an den Trümmern des Bismarckturmes und damit den toten Michael Spiegel. Der eigentliche Fund ließ nicht lange auf sich warten. Fast zeitgleich schlugen beide Hunde an. Ein eher oberflächlich verschlossener kleiner Schacht, mit Brettern abgedeckt, neben der Höhle bzw. Grube, keine drei Meter tief. Karl Sander und Susi Weiß waren sofort zur Stelle. Ein Beamter der Bereitschaft hielt zwei Päckchen in die Höhe.

„Hier ist es wie Weihnachten und Schnee gibt es auch jede Menge. Das sind nicht nur zwei Kilo, das ist viel mehr und sehr gut wasserdicht verpackt. Hier, Hauptkommissar, das ist Geld, viel Geld, auch sehr gut verpackt."

„Sehr gut Kollegen, wo sind die Anderen und wo ist Susi Weiß?“
Karl Sander sah besorgt aus.
„Die Kollegen sind weiter vorgerückt. Aber Scheiße, sehen Sie.“
Karl Sander dachte, ihn trifft der Schlag. Keine zehn Meter zwischen den Bäumen am Fuß der Radarstation stand der alte Sternberger, vor sich fest im Griff Susi Weiß, die Pistole an der Schläfe.
„Was soll das?“
Karl Sander wollte einen Schritt auf ihn zugehen.
„Halt, keiner rührt sich, sonst ist sie tot. Ihr macht jetzt folgendes: Alles Gelde in einen Plastiksack. Einer von denen geht mit, bis zu einem Auto. Er darf das Geld tragen. Ich bin ja beschäftigt.“
Er setzte ein verkrampftes, eher teuflisch-böses Lächeln auf und drückte Susi Weiß die Pistole an die Schläfe.
Karl Sander ging einen Schritt vor.
„Lassen Sie die Frau los, nehmen Sie mich.“
„Das könnte Euch so passen, es wird so gemacht, wie ich es sage sonst ist sie tot. Keine weiteren Diskussionen und Ihr beiden beeilt euch mit dem Geld.“
Einer der beiden Bereitschaftspolizisten hatte begonnen, das Geld in einen Plastiksack zu stecken. Sehr langsam.
Es war nur eine Sekunde und nur ein paar Zentimeter Platz zwischen beiden Köpfen. Der Schuss zerriss die Stille, der alte Sander sackte sofort zusammen. Susi Weiß befreite sich mit einer kurzen Drehung, kickte die Pistole weg und stellte sich auf den Alten. Ein paar Meter neben einem Baum stand Oberkommissar Fred Oberer. „Das war knapp. Man kann Euch auch nicht

allein lassen. Also wir hatten da mal in Hamburg eine Entführung, da…" Weiter kam er nicht, Susi war ihm um den Hals gefallen. „Der ist tot. War ein präziser Schuss, keinen Zentimeter weiter nach links und es hätte die Kollegin erwischt. Oberkommissar, wollen Sie nicht bei uns anfangen?"
Jetzt war auch Karl Sander dazu gekommen.„Träum mal weiter Kollege." Dann fiel er Susi Weiß um den Hals. „Mann hatte ich Schiss um dich. Wie kam es denn dazu?"
Jetzt konnte Susi Weiß erzählen.
„Der stand plötzlich hinter mir, wie aus dem Nichts und schon war die Waffe an meinem Kopf. Der hatte wirklich nichts verlernt."
Karl Sander nahm sich den Chef der Hundertschaft, der auch eben dazu gekommen war, zur Seite.
„Wir brechen hier ab, Sicherung der Funde ist unsere Sache. Eine Bitte noch: könnt Ihr uns bei der Durchsuchung und eventuellen Festnahmen in den beiden Autohäusern und der Wohnung des alten Steinberger helfen?"
„Geht klar, machen wir!"
„Sag mal Karl, kann man Euch nicht alleine lassen?! Schöne Sauerei habt Ihr hier veranstaltet."
Grinsend stand Marie Dregger hinter ihrem Haupt kommissar.
„Die KTU ist auch gleich da! Das war knapp, aber gut gegangen, war`s das jetzt Karl?"
Der Hauptkommissar zuckte nur kurz mit den Schultern und ging weg. Die Nerven lagen noch blank.

29. Feierabend

Karl und Marie saßen beide in Karls Küche, eine Flasche Wein, zwei Gläser und jeder ein Steak mit Kartoffelsalat vor sich. Für mehr war keine Zeit gewesen. Beide waren fast eine Woche lang nicht nach Hause gekommen und jetzt fast verhungert.
„Karl, hat der Albtraum jetzt ein Ende und kannst du deine Dienstjahre ruhig ausklingen lassen?“
Marie war immer noch besorgt, es könnte irgendwas dazwischen kommen. Karl nahm noch einen kräftigen Schluck Wein und schüttelte den Kopf.
„Irgendwie hingen ja die letzten Fälle hier in Köpenick zusammen. Alles Schatten der Vergangenheit, die nun etwas verblassen sollten.“
Marie nahm sich noch einen großen Löffel Kartoffelsalat und erklärte:
„Ach übrigens die Frau des alten Sternbergers, die vor sechs Jahren einen Herzinfarkt hatte und verstarb, da war alles normal. Ihr hattet da wohl Gespenster gesehen.“
Karl legte das Besteck beiseite und überlegte kurz:
„Ja, das mag sein, aber der Alte war ansonsten nicht ohne. Seinem Sohn immer auf den Fersen, wusste genau, was der so trieb. Auch schon 2011. Er ließ ihn gewähren. Was eigentlich sein Ziel war, werden wir wohl nicht mehr erfahren. Die Kollegen von der 13. Bereitschaft haben in seinem Haus zwei Flugtickets nach Montevideo gefunden. Zumindest wusste er von den zwei Millionen und wollte mit seiner langjährigen Assistentin abhauen. Sie gab allerdings an, nichts davon zu wissen. Ihr können wir auch nichts beweisen. In

gewisser Weise trägt der alte Sternberger eine gehörige Mitschuld an allen Ereignissen von 2011 an, also auch am Tod von Laura Werner. Es ist auch anzunehmen, dass es mit dem Drogenhandel weitergegangen wäre, ja wenn nicht.... Aber den Rest kennst du ja. Morgen werde ich die Familie Werner aufsuchen, das bin ich ihnen schuldig."

Eine Weile saßen die beiden sich schweigend gegenüber. Dann goss Marie ihnen noch etwas Wein ein.

„Karl, bevor du gekommen bist, rief noch Deine Freundin von der Staatsanwaltschaft an. Ja, die liebe Tina Steffens. Du sollst Morgen noch mal bei ihr vorbei kommen und Bericht erstatten, sie möchte auch den Deckel auf den Fall machen. Ich glaube sie mag dich, die alte Kratzbürste."

Jetzt mussten beide herzlich lachen.

„Ja sie wird mir fehlen, wie alle anderen auch. Aber es ist jetzt genug. Freizeit ist doch das kostbarste Gut, das man hat."

Marie druckste etwas rum und Karl merkte sofort, dass da noch was war. Er sah sie fragend an.

„Ja, Karl noch etwas. Max rief vorhin an. Er traut sich nicht es dir direkt zu sagen. Er hat gestern dem Kriminalrat gesagt, dass er seine freie Mitarbeit fürs LKA beenden wird. Wenn ihr beide, also Frank Winter und du gehen, dann will er auch nicht mehr. In den nächsten Tagen will er es dir noch direkt sagen, beim Bier im Anker."

„Schade, aber da werden die Kollegen ein paar Probleme bekommen. So einen wie Max findet man nicht mal eben auf der Straße."

Marie fing an den Tisch abzuräumen. Karl schaltete den Fernseher ein.
„Wollen wir nachher noch, den Krimi im ZDF schauen?"
Maries Kopf lugte durch die Tür:
„NEIN !!!"

30. Zwei Wochen später

Jetzt war er also da, der letzte Tag. Hauptkommissar Karl Sander musste nur noch einmal in die Kaithstraße fahren. Sein Arbeitsplatz, das Dienstzimmer waren längst auf-und ausgeräumt. Drei Kisten voller alter, teilweise sehr alter Akten hatte er noch gestern ins Archiv gebracht. Die Tour durchs Haus war absolviert. Na mal sehen, was die sich heute einfallen lassen.
Etwas neugierig war er schon. Grade wollte er sich ein Taxi rufen, als er das vertraute Geräusch einer Polizeisirene hörte. Kurz an und gleich wieder aus. Ja, richtig: vor dem Haus stand ein Streifenwagen. Als er runter kam, stand sein alter Kollege vom 36. aus der Carlstraße neben dem Wagen und grüßte ihn, stramm, wie beim Staatsbesuch.
„Harry und Lisa?“
„Ja, Karl, ich bin der Einzige, der noch übrig ist von den alten Kollegen von vor 32 Jahren. Lisa ist der Nachwuchs. Sie übernimmt den Wagen, wenn ich nächstes Jahr gehe. Jetzt steige ein, es geht los.“
Marie hatte Karl noch seinen einzigen Anzug rausgesucht, Hemd gebügelt und den Verdienstorden poliert. Er wollte ihn nicht anlegen, sie hatte drauf bestanden und es war richtig so.
Das letzte Mal die große Treppe rauf zum Büro, durch die Gänge. Schon komisch, über dreißig Jahre nahm er hier nichts wahr, der nächste Fall war schon im Kopf, aber jetzt ist die Zeit. Er musste gar nichts mehr, der Hauptkommissar war Pensionär, also ab Morgen, aber egal, jetzt hier durch und dann vielleicht heute Abend noch ein Bier bei Peter im Anker. Jetzt fiel es ihm auf.

Der lange Flur, auf dem die 1.MUK und der Kriminalrat untergebracht waren, blieb leer, alles still, niemand da. Dort war sein altes Büro, auch leer. Gut, es gab da dieses ungeschriebene Gesetz. Bevor der Kollege nicht wirklich im Ruhestand war, besetzte niemand seinen Platz oder zog in das Büro ein, auch wenn es nur noch um einen Tag ging. Aber das war schon komisch, so ruhig hatte er den Flur noch nie erlebt, nicht in den letzten dreißig Jahren.
Da, plötzlich ein Pfiff, alle Türen flogen auf und alle Kollegen, sein Team, die technischen Kräfte, wirklich alle standen von einem Augenblick auf den anderen vor den Zimmern, teilweise in Uniform. Mit der Ruhe war es vorbei, tosender Beifall und Bravorufe klangen durch den langen Korridor. Der Hauptkommissar Karl Sander stand wie angewurzelt, nicht fähig weiter zu gehen. Es waren alle gekommen. Der Oberstaatsanwalt mit Tina Steffens, Professor Weinert stand neben Marie, Renate Klein, die wie immer in solchen Situationen die Tränen nicht unterdrücken konnte. Tarek vom BKA überragte alle und grinste. Der Kriminalrat Frank Winter mit dem wohl größten Blumenstrauß Charlottenburgs ging auf seinen alten Freund Karl Sander zu, unfähig etwas zu sagen.
An der Nachfolgerin und Hauptkommissarin Britta Fuchs war es, um Ruhe zu bitten:
„Liebe Freunde und Kollegen, darf ich Euch alle bitten in den Konferenzraum zu kommen. Es wird sicher etwas eng, aber wir passen da schon alle rein."
Nach dem alle zum letzten Mal mit ihrem Chef im Konferenzraum saßen oder standen, gab es die obligatorischen Reden, das Verlesen der Grußadresse des

Innensenators und zum Schluss kam Karl Sander dran. Auch er dankte allen in bewegten Worten und konnte sich aber zum Schluss einen kleinen Schlenker nicht verkneifen:
„Also liebe Leute, wenn uns der Kriminalrat vor ein paar Tagen so gesehen hätte, dann wäre der Satz gekommen, den ich wohl nie vergessen werde:
Was macht Ihr denn alle hier, habt Ihr nichts zu tun, ist der Fall denn schon gelöst?!
Also Tschüss Kollegen, ich werden niemanden von Euch vergessen.
Aber Moment, bevor ich gehe, möchte ich meiner Nachfolgerin noch etwas überreichen, dass mich während meiner ganzen Dienstzeit begleitet hatte. Freddy, komm mal her."
Der neue Oberkommissar Fred Oberer trat neben seinen Chef, er hatte einen Beutel dabei. Was jetzt passierte trieb doch einigen ein paar Tränen in die Augen:
„Frau Hauptkommissarin, liebe Britta, ich überreiche dir das Modell meines ersten Dienstwagens, ein Wartburg 353 W. Es stand über dreißig Jahre in meinen verschiedenen Büros und soll dir viel Glück bringen. Der Wagen bleibt hier, jetzt bei dir."
Dann die letzten Worte im Dienst:
„Herr Kriminalrat, lieber Frank, liebe Kollegen und Kolleginnen, es war eine tolle Zeit mit Euch allen, nicht immer, aber meistens. Bei allen, denen ich auf die Füße getreten bin möchte ich mich entschuldigen. Macht es gut und bleibt gesund. Euch allen habe ich es zu verdanken, dass ich hier gesund und lebendig rausgehen kann dafür danke ich Euch allen. Wir waren ein super Team, bleibt so. Tschüss … und man sieht sich!"

Jetzt brachen alle Dämme. Jeder wollte seinem Chef noch mal die Hände schütteln, ihn umarmen, was auch immer.
Tarek stand neben Britta, die noch den Wartburg in der Hand hielt.
„So jetzt ist es deine Truppe, gute Leute, mach was draus!“

Nachwort

Es ist der letzte Fall für den Hauptkommissar und Leiter der 1.MUK im LKA Berlin.
Er wurde schon verabschiedet und wollte eigentlich seine Dienstzeit ruhig ausklingen lassen. Aber es kommt alles etwas anders.
In den ersten beiden Fällen, die Sander und sein Team zu lösen hatten, ging es zum einen um die Schatten der Vergangenheit aus einer Zeit, die längst überwunden zu sein schien. Der zweite Fall hochaktuell, Clankriminalität, Erpressung, Entführung und Korruption in der Immobilienbranche.

Ja, und jetzt im dritten Fall war es mir wichtig, ein weiteres Problem aufzugreifen: Kriminalität und Familie. Ein Unfall mit Fahrerflucht, kommt leider viel zu häufig vor, löst nach zehn Jahren eine Kette von Ereignissen aus. Aber diesmal zerbrach eine Familie und eine zweite fast an den Folgen. Erst nach Jahren gelingt es den Ermittlern, Licht in die Sache zu bringen. Mir war es wichtig, Ihnen, sehr verehrte Leserinnen und Leser von Kriminalgeschichten, aufzuzeigen, dass einerseits kein Fall ungelöst einfach zu den Akten gelegt werden darf und andererseits hinter jedem Fall nicht nur Täter und Opfer stehen, sondern es meistens um viel mehr geht.

Zum Verständnis: In diesem Fall kommt es auf und an dem großen Müggelberg zum Countdown. Dort, an der alten Radarstation, sollte in den 50er Jahren der Berliner Fernsehturm entstehen. Wir finden auch noch Reste des im 2. Weltkrieg gesprengten Bismarckturms an der Nordseite des Berges. Des Weiteren gab es im Mittelalter einen Hohlweg durch die Müggelberge und bis 1992 die Rodelbahn zum kleinen Müggelberg.

Nicht nur der HK Karl Sander wird nach diesem Fall seinen Dienst beenden, auch sein Chef Kriminalrat Winter und der wichtigste kleine Mann am Computer „Max“ hört auch auf. Also Platz für Neues. Ob Karl Sander nun als Berater der Landespolizei Berlin etwas sicherer machen wird, bleibt offen.

Die Personen und die Handlung sind frei erfunden. Etwaige Ähnlichkeiten mit tatsächlichen Begebenheiten oder lebenden oder verstorbenen Personen wären rein zufällig.

Verwendete Abkürzungen:

- HK Hauptkommissar
- OK Oberkommissar

- BKA Bundeskriminalamt
- LKA Landeskriminalamt

- MUK Morduntersuchungskommissionen, werden durchnummeriert

- KTU kriminaltechnische Untersuchung

- DNA Genabgleich

- KDD Kriminaldauerdienst

- MS Motorschiff

- PGH Produktionsgenossenschaft des Handwerks in der DDR

- VP Volkspolizei in der Deutschen Demokratischen Republik (DDR)

- Wartburg 353 W eines der Dienstfahrzeuge der VP

- Walter PPK Luger Polizei Pistole kriminal (2.Weltkrieg)

- ZDF Zweites Deutsches Fernsehen

ISBN 978-3-7549-2323-8
www.epubli.de